# 自由呼吸

## 也许能改变命运的哮喘知识小说

祝新宇 著

中国书店

图书在版编目（CIP）数据

自由呼吸 / 祝新宇著 .— 北京 ：中国书店，
2016.5

ISBN 978-7-5149-1417-7

Ⅰ. ①自… Ⅱ. ①祝… Ⅲ. ①故事 - 作品集 - 中国 -
当代 Ⅳ. ① I247.8

中国版本图书馆 CIP 数据核字（2015）第 277145 号

**自由呼吸**

祝新宇 著

策　　划　北京联众过敏与哮喘健康促进中心

责任编辑　陈　扬　启　航

---

出　　版　中国书店

地　　址　北京市西城区琉璃厂东街 115 号

邮　　编　100050

发　　行　全国新华书店经销

印　　刷　北京建筑工业印刷厂

制　　版　北京大观世纪文化传媒有限公司

开　　本　710 毫米 ×1000 毫米　1/16

印　　张　12.25

字　　数　102 千字

版　　次　2016 年 5 月第 1 版

印　　次　2016 年 5 月第 1 次印刷

书　　号　ISBN 978-7-5149-1417-7

定　　价　36.00 元

本书得到北京联众过敏与哮喘健康促进中心大力支持

# 让小说传递哮喘知识（代序）

哮喘是世界上公认的慢性疾病，被世界卫生组织列为四大顽症之一。当我们遇到哮喘，当我们的家人患上哮喘，我们该如何面对呢？

由医生和患者一起创办的，以多种手段宣传过敏与哮喘知识的公益组织“北京联众过敏与哮喘健康促进中心”一直在尽力解决这个问题。我们希望通过各种科普手段，让过敏与哮喘的治疗和预防工作走出医院，走进大众的日常生活。摆在您面前的这本《自由呼吸》就是作者根据“联众”提供的资料创作的“中国第一本哮喘小说”。

哮喘小说的第一读者肯定是哮喘患者或家属，对于他们来说，在轻松中全面认识哮喘、找寻控制哮喘的正确途径，记住其中与哮喘相关的知识并运用到自己的疾病防治中才是最主要的。从这一点来看，《自由呼吸》能够达到这样的效果。这也正是“联众”的初衷。

小说共 10 章，其中《生死时速》《当我们遇到哮喘》《差点背井离乡》《大鼻涕儿虫爬走了》《“豪斯”医生在中国》讲儿童哮喘故事，《院里有棵大树》《浴火重生》讲成人哮喘故事，《上阵父子兵》讲孩子与父亲两辈人的哮喘故事，《如这春天的来临》则讲了一个人从孩提到成人的哮喘故事，《拳打哮喘 脚踢鼻炎》是借哮喘儿童运动会传递哮喘知识。各章有其重点，由主人公记者杨帆将这些故事串起，组成了一个较为全面、深入浅出、寓教于乐、反映哮喘案例与知识的整体。

小说中的知识点由首都儿科研究所陈育智教授、刘传合教授，北大医院迟春花教授审定，权威严谨。小说中的故事，均由一些患者的真实案例改编而来。在此一并表示感谢！

最后，祝所有哮喘患者健康、快乐！

北京联众过敏与哮喘健康促进中心

2016年1月6日

# 目录

# 生死时速

## 1

北方某大城市 A 市的环路上像往常一样拥堵，这儿的人们已经修炼得很有耐性了，或者说早就接受了堵车的现实，不会有人急促鸣笛，或高声骂娘。从高空俯瞰，一个个钢铁小盒子徐徐移动，还颇有秩序呢。

突然，有序的车流被打乱。随着尖锐、短促的鸣笛，一辆普通的家用轿车斜刺里杀出，晃动着双闪灯，左突右窜，几分钟里，竟超过了数十台车。这车开得，真可谓见缝插针，又如拧麻花一样，引得众司机频频侧目，议论纷纷。

“开车干嘛这么拼命？也不是 120，着急救人吗？”有人愤愤地指责。

还真说对了。开车的中年男人表情凝重，初春三月季节，车内没来得及开空调，但他的额头已经见了汗。别说他听不到旁人议论，就是听见了也无暇顾及。在车后座上，斜靠着一个小男孩。小男孩也就五六岁的样子，面色发紫，呼吸急促，带有明显的喘鸣音。明眼人一看，就知道这小男孩在喘，病得不轻。

这辆车从环路的一个出口拐下，在进入大街时视红灯如空气，直奔第一儿童医院。“急诊！急诊！借过！”中年男子抱着小男孩，一边分开门诊大厅里熙熙攘攘的众人，一边高喊着跑向急诊室。

急诊室里的医生和护士见多不慌，让小男孩靠在病床上，医生用一种手控式气雾喷剂给男孩喷药，不多时，男孩的喘息平稳下来。为巩固效果，又给他吸了十五分钟氧气。

男孩的脸色恢复到正常，他的父亲也松了口气。

医生说："您的孩子哮喘挺厉害的，挂个专家号看看吧，别耽误了。看过我们这儿哮喘科医生吗？"

"看过。以前这孩子也犯过，但从来没这么厉害。程教授看过，基本上没事了，谁承想……"

"你还是再找程教授看看吧。"急诊室医生建议道。

"好的，好的，谢谢您。"中年男子忙不迭地道谢，抱着儿子就去找程教授了。

## 2

中年男子叫杨帆，是某报社的记者。当天他正在外面做一个采访。

"如今的空气质量越来越差劲了，早上来的时候还有雾霾，现在有点太阳了。"茶楼里，杨帆刚刚完成对一个企业家的采访，终于可以放松一下，说点与工作无关的话了。

"可不是嘛，我们有很多重要的客户都要请到南方去谈判、签合同，就是因为那里的空气比这里好。什么时候你不忙了，我请你去好山好水好空气的地方玩玩。"被采访的企业家说。

"您太客气了。我倒真想去南方小镇，也陪陪家人，可是实在太忙，总抽不出空来。"杨帆说。

杨帆主要跑社会经济类新闻这块儿。他笔头很硬，有时也写写读者感兴趣的，或是具备社会重大影响的深度报道。

两人正说着，杨帆的手机响了。电话里传来儿子的急促的喘息声。

"爸，我，我心口闷，好难受。"

杨帆大惊，忙说："儿子，你别着急。坐在原地别动，慢慢深呼吸。爸爸马上回家。"

“我，我……咳、咳……我咳嗽的都没……咳……都没时间喘气了。”

杨帆知道大事不好。于是就发生了开头的一幕。

## 3

“我开车小二十年了，从来都小心翼翼，这次是头一回这么开，也是第一次闯红灯，违反交通规则。看到儿子的难受样，我当时真的急了。”主动去缴了违章罚款后，杨帆和朋友说：“车速我估摸着能超过传说中的二环十三郎了。”

玩笑归玩笑。当杨帆带着孩子挂上哮喘专家程教授的门诊后，才知道问题的严重性。

程教授的门诊室和她的身份一点都不相符。她是我国儿科呼吸道疾病权威，尤其在治疗儿童哮喘方面，在国际上亦享有极高的知名度。无论谁挂她的号，都不容易。徘徊在第一儿童医院门诊大厅内外的票贩子很大程度上“靠程教授这些专家级医生养活”。

可是程教授居然是借别的科室坐诊，两张像点样的办公桌给助手用了，她就用长条桌子，有时还伏在给病人用的检查床上写病历。

杨帆和程教授熟悉后曾就此问过她，程教授说，“能看病就行了”。

程教授已经八十高龄了，身子骨很硬朗。说实话，如果身体不好，真没法吃得消这么大的工作量。

只要程教授在，永远有一帮人围着。

男孩经过急诊室应急处理，呼吸稳定多了，可程教授一眼就看出孩子的情况并不太好，她皱着眉头问：“是飞飞吧，怎么又来了？不是一直控制得很好么？怎么搞的？是不是接触到了过敏原？”后面的问话转向飞飞的家长。

程教授记性特别好，经她手治疗的孩子几乎都记得住。

“没有啊，孩子今天一直在家待着。我看早上有雾霾，特意嘱咐他来着，不许到室外。”杨帆同样不解。

“这样吧，孩子现在状况还可以，咱们给他做一下肺功能，看了结果再说。”

待肺功能检查结果出来后，指标很低。程教授用手点着检查报告书上的数据问:“你们一直做得不错，怎么弄成这样了？是不是又自行停药了？”

程教授语气不严厉，却含有埋怨的意思，好像小飞飞是她老人家的孙子。杨帆听了，脸上发烧，好像做错事面对母亲责备的儿子。他讪讪地说:“飞飞不喘都快一年了，我和他妈以为没事，好利索了，药就给停了。”

程教授之所以说“是不是又自行停药了”是有前因的。

## 4

杨帆是个有抱负的人，做了记者后玩命工作。他爱人也属于事业型的人，两人到三十多岁时才要孩子。说起飞飞这个病，杨帆其实有些愧疚，他觉得飞飞妈也有同感，但两口子从没谈论过这个话题，生怕给对方造成更大的负担。

飞飞从出生到八个月大，除了闹过一回黄疸外，没头疼脑热过，这大概跟母乳喂养有关，抵抗力强。八个月后断了母乳，小毛病开始冒头。

事情发生在飞飞两岁的时候——杨帆还清楚地记得那是一个秋天。

小家伙的午睡时间比平常有点儿长，飞飞妈也没在意。飞飞醒来表情有些不大对头。飞飞说话晚，加上两岁的孩子也不能清楚表达自己的身体状况。飞飞妈给孩子换了尿不湿，尿不湿表面有些泛黄。换好后，飞飞又沉沉地“睡着了”。

飞飞妈把尿片略黄的事跟杨帆说了，杨帆看看孩子，也没在意，就接着给报社赶稿子。

到了晚饭时，他们才觉察情况不好。飞飞怎么也叫不醒，一摸孩子额头，烫手。俩人慌忙抱起孩子，直奔离家最近的医院。

急诊诊断，飞飞得了秋季腹泻，已经腹泻得脱水，高烧近40℃，严重到了昏迷的地步，再拖延甚至会危及生命。孩子的排泄物，最后都是水，被尿不湿完全吸收了。尿不湿是方便，可是遇到这种类似情况，却暴露了缺点。

医生一通忙乎之后，孩子脱离了危险。没啥说的，接着住院再治疗。眼见着飞飞一天比一天好，出院在即，没想到应了那句“福无双至，祸不单行”的老话，就在出院的前三天，病房里转来一个感冒比较严重、咳嗽不断的小病友。杨帆怕飞飞被传染，叮嘱飞飞不要和他近距离接触，偏偏飞飞和这个小病友特别投缘，杨帆转身去药房取药的工夫，两个小家伙逮住机会，很快玩到了一起。一天工夫不到，飞飞也咳了起来，不过很轻微，谁也没在乎。

三天后，飞飞出了院，还跟那个小病友有点恋恋不舍。人是分开了，病却跟来了。自打出院后，飞飞的咳嗽总是不断，有时仅咳嗽几声，有时会连续几分钟。飞飞妈说：“要不再带孩子上医院看看？”杨帆见孩子活蹦乱跳的，也不发烧，也不难受，只有几声咳嗽，就有些犹豫。

杨帆说：“医院不是啥好地方，能不带孩子去尽量别带。吃点药吧，找点化痰止咳的中药。”

杨帆两口子很忌讳西药，认为西药副作用太大，不如中药。这也是以后造成孩子病情一波三折的主要原因。

于是俩人给孩子服用了川贝枇杷膏，有点效果，可并未去根，飞飞还是时断时续地咳嗽，但不耽误吃不耽误睡。杨帆两口子都忙于自己的工作，见孩子的咳嗽并无大碍，吃上药就见好，也就没有特别注意。

一转眼到了第二年夏天，六一儿童节，杨帆一家人商量怎么给飞飞过节，没想到飞飞又开始咳嗽了。刚开始不严重，他还在父母身边跑来跑去，后来咳嗽竟接连不断，小脸蛋都咳红了。吃了药也不管用。飞飞妈急了，要带飞飞去医院，杨帆也意识到不能再硬挺了。

大夫在飞飞的前胸后背用听诊器听了好半天，说："孩子已经喘上了。"杨帆一看大夫凝重的表情，知道不是啥好事，忙问："大夫，您看孩子这咳嗽究竟是什么原因？"

大夫说："原因现在还无法确定，孩子咳嗽这么严重，而且呼吸中出现喘鸣音，我怀疑是哮喘。建议你们找哮喘科专家看看。"

杨帆两口子不大了解哮喘，大夫也不多说，只建议及早就医。

杨帆想起一个朋友的父亲是中医，朋友本人亦略通中医，赶紧去电。

朋友一听是哮喘，立马惊了，在电话里大声说道："兄弟，哮喘这事可不能轻视，中医有'内不治喘外不治癣'的老说法呀。赶快治，这毛病挺缠人的，别把咱儿子给耽误了。"

杨帆一听吓坏了，没想到这么严重。

朋友"吓唬"了杨帆一阵后，说："你也别着急上火，我打听打听有谁是这方面的专家，你也打听打听。我这儿一有信儿，立马联系你。"

朋友很快就回复了，得到的消息和杨帆打听到的一致，目前治疗儿童哮喘最好的医生就在本市第一儿童医院，姓程，是一位七十多岁的老教授、老大夫。

告诉杨帆这个信息的朋友说："她在治疗儿童哮喘这个领域，顶级了！"言外之意：程教授要治不了，找别人也没用。

杨帆多年跑社会新闻，人脉很广，不太费劲就挂到了程教授的专家号。

他其实很反感这种托关系走后门，但他更不想走号贩子的路。思前想后，为了孩子，他变通了一下，托人让程教授加了一个号。

杨帆见程教授之前很紧张，主要是怕顶级的大夫太牛气，不好沟通，等见了面，看她慈眉善目、笑容可掬，心一下就安稳了。

"程教授就是活菩萨。"很多患儿家长如是说。

程教授尤其对患儿特别和蔼、亲切。小病号们从来不叫她医生、大夫，都叫"程奶奶"。

经过程教授的诊断，飞飞是哮喘确定无疑。

飞飞妈慌了，问："程教授，您说具体到我家飞飞的情况，能不能彻底治好？"

程教授说："飞飞病情发作是典型的哮喘症状，但这并不代表病情特别严重，而且，只要积极治疗，完全能够得到控制。"

杨帆插嘴问道："我听说，中医有'内不治喘外不治癣'的说法，是这样吗？"

程教授笑了，说："不只是你一个人问过我同样的问题了。倒真有这个说法，但这是老黄历了。我们国家治疗哮喘有很长的历史，而且目前吸收国外治疗经验也很多，哮喘患儿绝大多数经过有效治疗后，都和正常人一样，更不影响身体发育，所以你们大可放心。"

"你看，后面还有病人等着呢，我这有几本关于哮喘的书，你可以先看看，以后我们有时间再聊。

飞飞的药我已经开好了。用法用量我的助手会详细交代。

对了，我们有个医患联盟的公益组织，你们有兴趣的话，欢迎加入。"

杨帆两口子连声道谢。

"记得按时来复查。"程教授叮嘱道。

"一定，一定。"杨帆连声答应。

## 5

小两口带着飞飞回到家，从此给飞飞按时吃药，在饮食上安排得更科学，敦促他加强锻炼，让孩子学武术、学游泳，本来两口子工作就忙，这样一来，每天更是排得满满的，忙得脚打后脑勺。

可喜的是，飞飞的病一天比一天好，小家伙还长胖了，不是那种肉滚滚的胖，而是体格健壮。杨帆提着的一颗心渐渐放下来。

半年过去了，飞飞活蹦乱跳，根本看不出是哮喘患儿，而且比同龄的孩子还要健康强壮。

一天晚上，飞飞妈妈给孩子喷完辅舒酮，等孩子上床睡觉后，她拿着药走进书房。杨帆盯着电脑，正在赶一篇稿子。

“哎，”她轻声说道，语气有些犹豫：“你说老给孩子用这种药好么？”

“有啥好不好的？那是程教授亲自开的药，你有啥怀疑的？”

“看你这话说的。我有啥怀疑？我就是觉得这种激素类的药，孩子总用，会不会影响发育啊？你看看，这都是我在网上查到的。”飞飞妈妈说着，递过来一张打印纸。

> 辅舒酮
>
> 化学成分：丙酸氟替卡松，兴奋剂，属于特殊药品。
>
> 用途分类：吸入用糖皮质激素。
>
> 适应症：支气管哮喘。

“你看，又是激素。多吓人啊。我不是说程教授开的药有问题，我的意思是，咱家飞飞现在跟正常孩子一样，好长时间不喘了，这药是不是该停一停？”飞飞妈妈说。

杨帆端详着打印纸上的内容，沉吟片刻说：“嗯，别说是激素类的药，就是普通药，照目前飞飞的情况来说，停一停应该问题不大。这样吧，先停一段时间观察观察，如果一旦飞飞有一点不适，马上给药。”

飞飞的药就这样停了。停药后很长时间里，飞飞状况良好，杨帆两口子也慢慢地不像刚开始那么紧张，盯得也不紧了，最后复诊也不去了。

时光荏苒，转眼四年过去，小家伙人如其名，好跑好动，每天快快乐乐地上幼儿园，高高兴兴地回家，能吃能睡能淘气，根本看不出有哮喘的毛病。杨帆两口子也几乎忘记孩子是哮喘患儿这回事了。

## 6

2012 年 3 月的一个周末，杨帆正在外面采访，忽然接到飞飞妈妈的电话。

“你快回来看看，飞飞在家咳嗽得很厉害，他说他喘不过气来。”在飞飞妈妈焦急的说话声里，杨帆听到旁边飞飞剧烈的咳嗽声。

杨帆知道坏了，孩子的病又复发了。

他开着车回到小区楼下，妻子按之前电话说好的那样，早就抱着儿子在楼口等着呢。

上了主路，杨帆打着双闪灯，一脚油门踩到底。轿车发出巨大的轰鸣声，瞬间超过了好几辆车。十几分钟内，车速表的指针已经指向了 90。

一辆警车闪着警灯，从辅路开过来，立刻跟上了杨帆。

“你超速了，警察来了，咋办？”飞飞妈妈说。

杨帆瞟了一眼后视镜，儿子躺在妈妈的怀里，胸口剧烈起伏，小嘴唇已经有些发紫了。

“管不了这些了，儿子要紧。”杨帆咬着后槽牙把油门踩到底。正好前方车辆不多，这辆普通轿车呼啸着迎来了自己的速度高峰。

后面的警车紧追不舍。两辆车一前一后，在环路上展开追逐。一些正常驾驶的车辆纷纷让路，开车的人都露出了惊讶的目光。

杨帆紧紧握住方向盘，盯着前面，不敢眨一下眼睛。前方的车渐渐多起来，他不得不降下速度。已经能听见后面警车传来的喇叭声。

“****** (车牌) 注意，你超速了，马上靠边停车，马上靠边停车！”

飞飞妈妈搂着儿子，紧张地说不出话。她没想到，好莱坞大片里的追车情景会让她遇到。

杨帆此时的耳朵里只听得见儿子剧烈的咳嗽声，就算原子弹在他身边爆炸他也不在乎。

他瞅准左前方车辆中露出的一个空当，猛打方向盘，一脚油门，直冲过去。

前面车流里忽然拐出一辆白色本田，也冲着杨帆看好的那个空当开了过去。

本田在前，杨帆在后，但杨帆的车比它快多了，一头撞向本田。

说时迟那时快，杨帆一脚刹车踩到底，在踩刹车的那一瞬间，杨帆还瞥了瞥倒车镜，后面没车。

随着飞飞妈妈的惊呼，轿车也发出“吱——”的刹车声，轮胎与地面摩擦产生的橡胶味儿顿时弥漫开来。

紧跟在侧面的警车几乎同时贴了过来，用车头别住杨帆的车，停下来。

前面的本田得意地鸣了一下笛，并入空当，很快地消失在车流里。

“我×！”杨帆的手重重地捶在方向盘上。他扭过头，说：“别怕儿子，你坚持一下，咱们马上到医院。”

交警敲开车窗，敬了个礼，说：“您超速了，请把车本驾照拿出来。”

杨帆一边掏一边说：“我知道我超速了，我儿子急病发作，特殊情况，我把儿子先送到医院，您再怎么处理都行。行不？”

“您看看我儿子，您看看我儿子，求您了，让我们赶紧去医院吧。”飞飞妈妈说。

交警俯身向后座看了看，然后皱皱眉头，对杨帆说：“你把车停在紧急停车道，上我的车，我送孩子上医院。”

杨帆两口子忙不迭地道谢，抱着孩子上了警车。

警灯警笛不停，这辆警车也用最快的速度开了起来。路上，交警通过对讲机让人把杨帆的车拖走了。

警车拐下环路，一路闯红灯开到医院，直接把孩子送进急救室。

到了急救室，大夫仅凭目测，就知道孩子又喘上了。大夫让飞飞坐在病床上，靠着后面的墙，用沙丁胺醇气雾剂对着飞飞的口腔连喷两下，又把他的衣领、裤子松开，以便飞飞呼吸。过了片刻，又连着喷了两次。飞飞的呼吸渐渐平稳，咳嗽的频率和强度也降下来了。大夫又给他吸了十分钟氧气，飞飞面色恢复正常，原先发紫的嘴唇也正常了。

杨帆感谢完大夫，出了急诊室，找到在外等候的交警。

交警说："你这个情况确实有点特殊。但特殊是特殊，咱们也得按法规办事，该罚还得罚。"

杨帆说："罚得好，罚得好。"

交警乐了，问："啥叫罚得好呀？"

交警那边的事情处理完，杨帆想，既然孩子再一次复发，急诊室只负责抢救，要想彻底控制住哮喘，只能硬着头皮再去找程教授。

那天程教授的门诊比以往还要忙碌。她翻看着飞飞的病历本。

杨帆支支吾吾，把停药和孩子咳嗽的情况含糊地说了。

程教授立刻沉下脸，说："家长不可以擅自给孩子停药。我们医生开出的治疗方案是需要你们积极配合才能起到良好治疗效果的。治病如同打仗，药物就是子弹，仗还没打完，怎么能把子弹停了呢？"

程教授对杨帆自作主张停药的做法给予了严厉批评，然后又为孩子制订了新的治疗方案。

这回两口子不敢怠慢，仔细严格按照程教授制订的治疗步骤执行。一周以后，孩子再次康复。

复查的时候，程教授看着孩子的肺功能检查单很高兴，说："啊，恢复得真好。"后来又去复查了一次，程教授还表扬了杨帆夫妇做得很到位。

## 7

老话说，好了伤疤忘了疼。老话之所以是老话，第一，老话总是对的；第二，没人把老话当真，但老话总是让人过后回想起它。

2013 年元旦，距离上一次哮喘发作过去了 10 个月，快一年了，飞飞始终没有再喘过。偶尔有几次咳嗽，也都是轻微的，咳嗽一小阵子就过去了。飞飞的游泳学得很棒，打拳也像模像样的。

杨帆和飞飞妈妈看孩子恢复得很好，同时也怕长期使用含有微量激素的药物会影响孩子生长发育，在没有征求程教授意见的情况下再次自作主张停了药。

其实也不能都怪杨帆他俩。天下父母对孩子都一样，生怕孩子吃亏受委屈。尤其是像杨帆他们这种文化水平较高的父母，知道孩子在成长时期，凡事都要加十二分小心，谁没事乐意给孩子用药啊！

看着飞飞欢快、敏捷的动作，俩人有意无意地又把药悄悄停了。

2013 年 3 月，A 市的初春，乍暖还寒。这天温度很低，飞飞在室外玩的时间较长，受了凉，引发鼻炎，又打喷嚏又流鼻涕。

刚开始，杨帆并没太在意，给飞飞用淡盐水洗了鼻子，然后用了一点治疗鼻炎的药。鼻炎暂时缓解了。没想到次日清晨，飞飞忽然呼吸急促起来，明显带有喘鸣声音。

杨帆暗叫“不好”，赶紧带着飞飞直奔医院。重新上演飙车闯红灯的“好戏”。

一路飞奔，来到医院砖红色的门诊大楼前，杨帆心里五味杂陈：“唉，这次难道又是擅自停药的错？”

在路上，两口子就因为这事争论不休。飞飞妈妈坚持认为孩子这次犯病与停药无关，就是单纯因为受凉，鼻炎引起的。

杨帆说：“程教授不是说了吗，治病如同打仗，药就是治病的子弹。咱们主动弹尽粮绝，这场仗，我看还是没打赢啊。”

飞飞妈妈说：“咱儿子都没事多长时间了，是不是？要说是停药造成的，也不能停药后隔了这么长时间再复发吧？”

杨帆急了：“听你的还是听大夫的？你要是那么高明，咱们还费事找人家程教授干什么？弄得我一个四十多岁的人，玩命飙车，再来几回，我这辈子甭开车了，直接进去了。”

这次飞飞的复发，病情比上次要轻，他呼吸虽然急促，但咳嗽不严重，喘气也不那么费劲，所以俩人还有心情说话。

杨帆说："咱们那点医学知识，要么道听途说，要么来自网络，隔行如隔山，咱们不能固执己见。要是做账平账，得听你的，因为你是注册会计师；要是新闻报道，就得听我的；治病呢，当然咱们得听大夫的。大夫会把一切问题都考虑在内，咱们既然来医院看病，就要对大夫坚信不疑，对大夫说的话坚信不疑，对大夫让我们做的事坚信不疑。"

飞飞妈妈反驳说："可是你不也没反对停药吗？"

杨帆讪讪地说："我不也是没有坚定的革命意志么，没有彻底地贯彻和执行大夫的命令。执行力最强的是军队，你看世界上所有国家的军队都进行军训，踢正步，练队列，你说这玩意儿在战场上有用吗？上战场又不能拿队列打仗。其实，练队列除了锻炼意志外，更重要的是让战士养成习惯——团结协作的习惯，一切行动听指挥的习惯。一切行动听指挥，就是听话。飞飞听咱俩的话，我听你的话，你和我都得听大夫的话，是不是？"

"就你能说，我看你可以兼职去相声界闯闯！"

"嗯，在相声界闯出名，我还要研发手机呢！"

两口子说话间，不知不觉就到了医院。

今天程教授的门诊难得患者比较少。

雾化后做肺功能检查，指标低得很。程教授看完检查报告，还是那句话："你们一直做得不错啊，怎么弄成这样了？"

杨帆和飞飞妈妈听了，不敢回答，只能唉声叹气，脸上发烧。

程教授直截了当："你们是不是又把药停了？"

杨帆看了一眼妻子，没吱声。

飞飞妈妈说："程教授，我们不是不给孩子用药。可是孩子明显见好，我又在网上看到，这类药是激素类药物，用多了怕给孩子成长发育带来不良影响，所以就又给停了。没想到，后果这么严重。"

“你们啊，用心没用到地方。”程教授叹了口气说：“辅舒酮是激素类药物没错。治疗哮喘的药物很多都是激素类的，但给药量都是经过严格控制的，用量很低很低，根本不会给孩子的成长发育带来任何不良影响。”

“你们要记住，辅舒酮不仅是治疗性药物，同时也是预防性药物。定时定量使用，对预防哮喘复发会起到良好作用。”

“辅舒酮里的丙酸氟替卡松含量极低。今天患者少，我给你们详细说说。四周岁以上儿童的辅舒酮使用剂量我们规定在每天100μg至200μg。1μg就是一微克。一微克是什么概念呢？一克等于一百万微克。你们到超市或药店看看，很多商品或药品的标签上面，各种食品添加剂、营养成分和微量元素，它们所用的单位都是微克。”

“您看看，您是不是说的就是这个？”飞飞妈妈从挎包里翻出一瓶21金维他。

“嗯，这上面应该有。”程教授接过来，很快找到成分表，指着其中一项说：“你们看，维生素$B_{12}$是0.5μg，碘是50μg。咦，你这保健品是大人吃还是孩子吃？”

“我们怕飞飞维生素和微量元素不够，给他吃的。”飞飞妈妈说。

“最好从食物上补充。飞飞偏食吗？”程教授问。

“还行，不算偏食。”

“那就多吃绿色蔬菜，飞飞这个年龄，只要不偏食，就不会发生你们担心的情况。”

程教授说：“一般来说，丙酸氟替卡松每天吸入量控制在400微克以内，都是安全的。这就有点像咱们在家看电视用电脑，电视电脑所产生的微量辐射，对人体还不足以带来危害。”

“另外，吸入类药物是直接作用于气道的，能消除气道炎症，不会引起人体其他部位的不良反应。现有研究表明，长期使用吸入性糖皮质激素对儿童不会造成不良影响。国际上，多数医生也推荐儿童哮喘患者使用。主流医学认为，长期有效地控制哮喘的好处要大大超过使用糖皮质激素的风险。”

“所以，你们大可放心。要知道，我们医生开这种处方类药物的小心程度，并不比你们做父母的差多少。”

听了程教授一番解释，杨帆两口子都如释重负。

“其实，这些网上都有相关介绍。我的那两本书里也有，只是你们做父母的，眼睛都盯着怎么治病，用什么药，其他的都视而不见了。这些我能理解。”程教授接着说：“但是，擅作主张停药，会造成病情反复。你看，飞飞都‘三进宫’了。我想，你们不想让飞飞第四次‘进宫’吧。”

老太太还挺幽默。

杨帆两口子却笑不出来。他俩知道，这几次停药太草率了。就算是想停，也该提前咨询一下医生再做主张的。无端让飞飞多受了这么多罪。

杨帆有些埋怨地看了妻子一眼，对程教授说：“这回我们知道了，我在路上把您的精神又给孩子妈传达了一遍。我们一定无条件地听您的话。何以解忧，唯有听话。”

程教授笑了，说：“也不是无条件地听话。咱们先得树立正确的治疗观念，才能取得良好的治疗效果。必须通过专家大夫们对病情的确诊，听话不是盲目的。你们做父母的，一定要明白哮喘的治疗是一个循序渐进的过程，按时复查，逐步减药，切忌擅自停药，否则很有可能前功尽弃。”

“就像岳飞一样。”杨帆接过话说。

“岳飞？”程教授一愣，马上反应过来，笑着说：“没错，十年之功废于一旦。哮喘这病，要想真正控制好，说难不难，说难也难。说难，它的难度并不比收复失地差多少；说不难，只要你们坚持科学治疗，不一定得用十年工夫。按飞飞的情况，我看两三年就行。”

听了程教授的话，杨帆两口子仿佛吃了定心丸。飞飞在一旁说：“我到了学校，就听老师的话；到了医院，就要听程奶奶的话。”

程教授开心地笑了，抚摸着飞飞的小脑袋说：“还是咱们飞飞乖。

飞飞你说，要是爸爸妈妈不听奶奶的话，你怎么办？”

飞飞大声说：“给他们喷药！”

众人都乐了。

程教授说：“对，也让他们尝尝喷药的滋味。飞飞乖，说话别太大声，你还没好呢。”

经过程教授的治疗，一周过后，飞飞恢复如初。复查的时候，程教授也很高兴，问杨帆还敢不敢再停药，杨帆说：“打死我也不敢了。”逗得旁边的人直乐。

程教授邀请杨帆带孩子参加四月份的一个交流活动。

## 8

“三千多万！”当杨帆从程教授那儿听到全国哮喘病患者高达三千万时，大吃一惊。

得知杨帆是报社记者后，程教授特意找时间和他长谈一番。希望杨帆能够利用他的工作优势，多宣传一下哮喘常识、预防与治疗应注意的小知识。

程教授说：“你这个大记者还总犯常识性错误呢，那普通人就可想而知了。现在哮喘预防与治疗方面的宣传力度不够大，至少我个人觉得还不到位。

我们医疗工作者和哮喘患者组织了一个公益组织，叫‘联众过敏与哮喘健康促进中心’。目标是提供一个国际性的平台让患者和家属就自身需求发出更强有力的呼声，使大众清除对哮喘的恐惧心理，建立良好的、科学的认识，从而使家庭防治哮喘科学化。”

“这个公益组织是在 2011 年 10 月由患者和家属，还有医生，共计 22 个人筹备成立的，刚开始不叫这个名字，后来改成了这个名字。我们也多次举办相关讲座，还组织了患儿夏令营、运动会等各项活动，反响都很好。但这只限于和我们有过治疗经历的患儿及家长，还有很多外地的和潜在的哮喘患者不知情。我们希望有更多覆盖面更广的宣传渠道来弄这个事情。这样不仅患者本人得到实惠，也降低了我国哮喘治疗成本，给广大医护工作者减压。”

“是啊，我每次来第一儿童医院，您这儿的患者总是乌泱乌泱的。”杨帆说。

程教授说：“没错，而且外地来看病的患者占了大部分。你想呀，最少是俩大人带一孩子过来，哪儿不需要花钱？孩子得看病住院，大人还得找地儿住旅馆。但凡经济不太好的家庭都受不了啊。

其实哮喘这个病，以前可能有些地方医院治疗不太得力，现如今很多地方医院也能有良好疗效，人们就是太迷信大医院了。关键是人们得树立科学的治疗观念，‘内不治喘’已经是老黄历了，你们报纸啦电视台啦网站啦，各类媒体应该多宣传宣传。”

“您说得太对了。”杨帆很赞同程教授的观点：“但我是跑经济口的，这个应该属于社会口的。”

“病要找上来，可不分你是经济口的还是社会口的。杨记者，你说是不是啊？”程教授笑眯眯地说。

谈话的第二天，杨帆就找到主编，向主编详细地说了一遍情况，并提出要进行深入调查采访的计划。

主编思考了一下说：“小杨，你这个想法很好，调查主题也很好。只不过咱们是都市时报类，不可能给你大版面，如果你非要做，我想可以采取连载形式。”

“另外，虽然你主要跑经济类新闻，但你要做的主题，你有切身体会，写起来应该比别人更好。这样吧，你去做，但同时不要影响本职工作，也就是说，我给你的时间不会太充足，你可能要牺牲一点自己的休息时间了。但我保证，等稿子出来了，只要质量过关，我一定给你版面。当然了，你的笔头子，在咱们报社也是数一数二的。总之，你办事，我放心。”

主编答应了，可是，怎么进行调查采访呢？稿件从什么角度来写呢？这个，恐怕还得和程教授商量一下。

没想到程教授一下子给他推回来了。

“治病你要听我的，采访写稿嘛，我不懂，我得听你小杨的。你有空就过来，我这儿患者很多，欢迎你随时深入第一线。咱们这儿各大医院的呼吸科、变态反应科都有我们‘联众’的成员，也就是专科医生，我把他们介绍给你，我也可以提供一些特殊病例给你参考，具体怎么写，还得靠你自己拿主意。”电话那头，程教授语气坚定，给出的意见也很正确。

“好吧。”杨帆说：“我先看看您提供的资料，再上‘联众’网站看看。我要是有时间，就去您那儿叨扰您。”

没想到，杨帆的运气还真好。没几天就碰上了一个典型病例。

这天杨帆刚到程教授诊室不一会儿，门外就闯进来一个中年汉子。一个医生问：“叫到您的号了吗？”

程教授的诊室有好几位医生，有实习的，也有程教授的助手，还有几位来当志愿者的医科大学学生。

汉子说：“我不是来看病的，我是来感谢程教授的，还有你们。我带了一点老家的土特产，不值啥钱，就是表示表示我们一家人的感激之情。”

一个医生说：“您的心意我们领了，东西您收回去吧。我们正在工作，请不要妨碍我们看病。”

汉子听了，忙说：“不敢妨碍，不敢妨碍，我这就走。我这点土特产你们一定要收下。这是人情，不算贿赂。”

他放下东西就要走。

“等等。”程教授忽然叫住他，“您是玉儿的家长吧？怎么回事，专门跑过来，还是有别的事？”

“呵呵，我就是玉儿的爸爸，程教授您记性真好。我这次过来是办别的事，顺路过来向您表示感谢。”

“呵呵。真想感谢我们？”程教授笑着问。

“当然是真的。”玉儿爸爸听了程教授的话反倒一愣，赶紧又重复了一遍：“我当然是真心的。不过我没拿值钱的东西，我知道您不会收。这就是一点土特产，你们收下不碍事。要不，我去找院长去解释一下。”

“您误会了，”程教授说，“您要是有空，我想请您和我们的大记者聊聊，这才是我们想要的，我也得好好谢谢您。”

“小杨，”程教授转头对杨帆说，“他家的玉儿，比较典型，你和他好好聊聊吧。还有，你把他的东西也一块儿拿走，这个事我就交给你了。”

杨帆和这个中年汉子找了个咖啡馆，杨帆介绍了一下情况，中年汉子感叹：“你们这是在做善事啊。”

两人谈了很长时间后道别。以下就是玉儿的故事。

随着杨帆调查采访的深入，有关哮喘的故事也逐一浮出水面。

# 当我们遇到哮喘

## 1

某县一条热闹繁华的街面上，各种店铺鳞次栉比，进进出出的人很多。相比之下，康乐大药房则有点门前冷落车马稀的意思，几个年轻的女店员都在低头摆弄手机，难得今天老板不在。

店门猛地推开了，一个中年汉子带着一阵风冲了进来，高声喊道："你们这里有没有万托林？"

女孩们吓了一跳，听清了顾客的问话，一个女孩说："有啊。"

"给我来两盒！"

"是盒装的，但它是气雾剂。"女孩从柜台里取出一盒万托林，打开，里面是一个塑料小罐。

"怎么是气雾剂？"中年汉子抹了一把额前的汗水，端详着这个细长的罐子，有些不明白。

"你是不是要买万托林？"

"是啊，大夫特意说了，这是一种支气管扩张剂。是吗？"

"那就对了，就是这个药。"

汉子抓起药，扔下钱拔腿就跑，不顾店员的叫喊："哎，先生，找您的钱！"

汉子在路边拦了一辆出租车："去医院。"

"大哥，您这儿忒近了，走着也就是十多分钟。"司机有点不愿意拉近活儿。

“少废话！快开，我闺女在医院抢救呢！”

司机一听这话，立刻闭嘴。

中年汉子小跑进医院的急诊室。急诊室里，一个小女孩软软地斜靠在病床上，几个大夫围着她，一个中年妇女手足无措，满脸泪痕。

“万托林买回来了！咋用？”

其中一个大夫一把夺过汉子手中的小罐，走到小女孩面前，左手轻轻掰开她的嘴，右手中的小罐对准口腔，连着喷了两次。

过了片刻，小女孩的眼睛睁开了，呼吸也平稳多了。孩子妈又哭又笑，抱着孩子，嘴里不知说着啥。

汉子紧紧攥住大夫的手说：“李主任，谢谢你，谢谢你，你是俺家玉儿的救命恩人！”

李主任说：“别客气。你闺女的病治了这么长时间，不见起色，我们觉得玉儿不是普通的肺炎。刚才你去买药的时候，我和呼吸科的大夫谈过了，决定儿科和呼吸科联合给玉儿进行一次详细、彻底的会诊。”

“太好了，太谢谢你们了。会诊是不是说明玉儿的病……”

儿科李主任拍拍汉子的肩说：“老刘，你别紧张，具体是什么病，等我们会诊结束再通知你。”

经过漫长的一个小时等待，儿科李主任告诉老刘，玉儿可能得了哮喘。

“不过你不用太担心，哮喘虽然很难治，但很多哮喘患儿长大以后，抵抗力强一些后会自己好的。有的小孩到了青春期，发育后自然而然就好了。”

李主任的说法没有错，老刘后来遇到很多哮喘病专家都认同这种说法，但这种办法太被动了，所谓好了，也不是说彻底痊愈，而是指哮喘得到有效控制。当时老刘一家早已被孩子的病弄得筋疲力尽，或多或少也产生了得过且过的念头。从此，他们每天都盼望时间能过得更快一些，孩子早日长大，摆脱这个万恶的哮喘病。



## 2

老刘是个普普通通的人，换句话说，把老刘扔在人堆里，你很难发现他与其他人有什么不同。老刘在这个不起眼儿的县城长大，读完高中就不再念书了，成了家里主要劳动力，他还有个妹妹。老刘偶尔还倒腾点儿小买卖，整个村子里，他们一家四口的日子，过得比上不足比下有余。

十多年前，政府征用包括老刘家在内的一大片紧邻县城的田地，给了补偿款，象征性地安排了老刘这个年龄段的青壮年的工作，很多人因此摇身一变成了城里人。但好景不长，土地开发不到一年就停了，据说那家想要投资建厂的香港公司改了主意，而政府本意是等港商的工厂建好了，彻底解决劳动力的问题，这下，老刘这一帮人和县政府一样，没盼头了。

老刘的爹把他的棺材本拿出来，加上补偿款，给老刘在县城里买了一套房子。

“老大，你爹妈就这点能耐了，以后娶媳妇的钱你就自己挣吧。”老老刘说，自己就和老伴、闺女住在郊区老房子里。

老刘用剩下的钱在县里一条商业街租了个不大的门脸，一心一意做起了小买卖。

2004年，媒婆上门，介绍的头一个相亲对象老刘就相中了，恰巧是他小学同学小萍。县城这个巴掌大的地方，遇到这样的事不奇怪。然而小萍却不记得老刘了。于是老刘不得不努力搜索关于小学时期的记忆。这不仅带动了小萍，而且让老刘一再感叹时间过得真快。

俩人很快到了谈婚论嫁的阶段，但小萍父母一听老刘只有一套家徒四壁的房子，不但拿不出聘礼，而且连操办婚宴的钱都费劲，立刻不干了。

此时方显英雄本色。老刘拒绝了小萍提出的与他私奔的计划，老刘说：“咱有房子有地的，光明正大，干嘛要私奔？”老刘果断地把生米做成熟饭，这下轮到事实上具备丈母娘资格的小萍妈着急了。闺女大了不中留，丈母娘恨恨地从柜底翻出存折，老丈人恨恨地从裤腰里掏出闺女的身份证，俩人的婚事就此大功告成。

婚后小两口恩恩爱爱，老刘对岳父母很好，老两口也就慢慢转变了对女婿的印象。

2005年他们生了个大胖闺女，取名玉儿。刚出生时挺好的，满月，百天，周岁，一直到两岁，都挺顺利的。孩子白白胖胖，一家人整天围着她转，小日子过得挺开心。

没想到玉儿刚过三周岁，不知怎么搞的，老是感冒，一感冒就咳嗽，一咳嗽起来就停不下。

此时正赶上老刘的生意扩大。老刘为人本分，东西从来都是一分钱一分货，顾客上门，他会直接告诉你，这东西好孬，绝不挣黑心钱。生意一天比一天好，老刘就把隔壁的一个门脸也租了，雇了两个小姑娘卖货，他负责进货、收钱、理账。小萍专职在家看孩子。

“老刘，你快回来，玉儿又咳嗽了！”小萍打来电话。

“咳嗽上医院啊，我回来不也得上医院吗，我也不是大夫。”

“老刘，医生说是感冒引起的咳嗽，问我是吃药还是输液？”

“当然是输液快，不过，要是吃药就行的话，你问问医生，啥药最好给开啥药。”

小萍和老刘经常进行以上的类似对话。

一开始，效果挺明显，输上液玉儿就好多了，可是后来输液也不好使了。以前输三天液就好，现在得连续输一个星期才略微好点。不用小萍再催促老刘了，老刘也感到事情不妙，就算孩子打小体质弱，可是也不至于一个月跑十五天医院啊。

“真他妈的邪性！一个破感冒、咳嗽，老是治不好。每个月都得去医院，挣点钱都捐给医院了。”老刘有些气急败坏，站在医院门口大声埋怨。



## 3

一次，玉儿咳嗽变得严重，连着住了几天医院，老刘没空去门店，玉儿出院那天，他接到一个店员的电话：“刘叔你快过来，燕子没来，打她电话关机。”

老刘预感事情不好，让小萍带玉儿回家，自己直接跑到门店，其中一间的卷帘门锁着。

他的店员从另一间店里出来：“前几天我看见燕子的男朋友带着两个人在店里转了半天，说什么我没听清楚，好像是谈论价钱，我以为是买东西的，就没在意。”

“昨天下班时我招呼燕子走，她说和她男朋友说好了在这儿等他，我就自个儿走了。我没走远就看见一辆小货车开到店面前停下了，那时我也没在意。等到今天都快十点了，燕子还没来，店面锁着门，给她打电话关机，我才觉得不正常，就给你打了电话。”

老刘一听，心说“完了”。

他掏出钥匙，打开门，店里一片狼藉，剩下的都是不值钱的货。柜台上留了一张A4纸，上面写着：“刘叔，实在对不起，家里不让我和我男朋友好。我们没钱，只好把您的货给卖了。我们现在去南方了，等我挣了钱，一定加倍偿还。燕子。2005年某月某日。”

“妈的，老子没私奔成，你们倒卷老子的铺盖私奔了。”事已至此，老刘咋骂娘也没用，只得报警。

警察调查了燕子和其男友的情况，俩人早就没影了。燕子刚满十八周岁，具备完全的行为能力，老刘损失的钱财无法向燕子的父母索赔。警察记录在案后就走了。警察说：“总不能因为这点钱通缉两个孩子吧，再说也够不上通缉。”

看着燕子的妈哭哭啼啼的样子，老刘没说什么。

从此老刘不敢再轻易离开店铺，也不敢告诉小萍实情。当天晚上，老刘的腮帮子就肿了。

## 4

“挣钱不是目的，一家人啥事没有啥病没有就得了。”和朋友喝酒时，老刘说。

老刘家离医院不算近，坐车得一个多小时。白天好说，急了就打车，晚上就没法了。这小县城，出于安全的考虑，很少有人开夜车，所以想打车也打不着啊，公交也没了。

玉儿病了，老刘就打电话找有车的朋友帮忙。朋友二话不说，开车就过来了。可一次两次三次行，到了第四次，老刘不好意思再张口了。

老刘跟小萍说：“咱家玉儿这病犯得也太勤了，人家也要上班，也要休息，总让人家深更半夜地跑，咱们也过意不去不是？”

于是，老刘就推着自行车，小萍抱着玉儿坐在后车架上。去往医院那条路那个长啊，老刘觉得好像走到天亮也走不完。后来走的次数多了，也习惯了。

说来也怪，玉儿这病总在夜里犯。老刘两口子看孩子，一个上半夜一个下半夜，这下好，在家倒上夜班了。

后来老刘实在坚持不下去了，他白天还得去店里操心，顾客少时还好，可以眯一会儿，赶上顾客多或者去上货，就没时间休息了，时间一长，人就受不了了。

老刘把孩子的爷爷奶奶从农村接过来。他们住的是小两室，紧紧巴巴。为了孩子，没法。

玉儿的爷爷奶奶跟着上了几次医院。爷爷比老刘还着急，让医生开最好的、最贵的药，什么先锋、头孢、阿奇霉素、阿莫西林，啥最贵打啥。还别说，一开始真管用，以前得输液十天半个月才能把炎症消下去，这下四五天就好了。

玉儿再次咳嗽起来，这次咳嗽比以前任何一次都凶。

孩子咳嗽得太厉害了，以至于老刘都没发现孩子间歇的喘息和气短。一晚上孩子都没咋睡，一直在不停地剧烈咳嗽。好几次，因为咳嗽过于激烈，玉儿都吐了。

老刘把家里的药，凡是化痰止咳、消炎镇痛的，都找出来，挑了两样给孩子服用。唉，老刘明白，这只能起到个心理安慰的作用。

好容易熬到天亮，老刘一家人顾不上吃早饭，谁有心情吃饭呀，直奔医院，找到县医院儿科李主任，他是县人民医院最好的儿科大夫了。看着玉儿难受的样子，李主任也皱眉头。他觉得单纯使用抗生素不会起到更好的作用，就在输液的药里加入了扩张气管的“喘定”。没等输液输完，玉儿的咳嗽就明显减缓了。

“感谢老天，感谢李主任！”老刘抓住他的胳膊，非要请李主任和整个科室的大夫吃饭。李主任和其他的医生当然没去。

这一次并没有像以前那样治疗起来很麻烦，玉儿很快治好了病，没有了喘息、气短和憋闷，也没有了感冒和咳嗽。

就这样过了大概一个月，玉儿的爷爷奶奶以为这回彻底没事了，在县城住着还紧巴，就回农村老家了。

可是老刘两口子发现，玉儿不感冒时，也会咳嗽。这个小县城，绿化不好，一遇到大风天，就暴土扬尘的，天有些冷时，或者粉尘土灰比较多时，玉儿的咳嗽就更严重一些。不光咳嗽，而且有了一个可怕的症状：气喘。

一家人平时对玉儿看护得细致入微。天稍微凉点，马上加衣服；天稍微热点，一秒钟都不敢耽误，马上减衣服。生怕孩子感冒，大人孩子都折腾不起了。

玉儿打小有睡觉踢被子的坏毛病，为了解决这个问题老刘他俩费了不少心思，每夜都会起来五六次，查看孩子是否把被子踢了。孩子以前总爱感冒，老刘一直以为是晚上孩子没有盖好被子着凉造成的，这种想法一直误导他俩很多年。

## 5

一天上午，老刘刚到门店，小店员凑过来，神神秘秘地说：“刘叔，你猜昨天晚上我看见谁了？”

老刘没心思和她猜谜，“看见谁了？”

“燕子！我昨天看见燕子了！”

“哦，”老刘立刻来了精神，“你没看错？”

“没看错，我眼神好着呢！”小店员说：“昨晚我没事瞎溜达，在步行街看见燕子了，我老远就认出她了，我一喊，燕子就慌慌张张地跑了。刘叔，你是报警还是到她家堵她？”

“……”老刘听罢，想说啥，张张嘴又把话咽回去了。

“你看着店，我去去就回来。”老刘骑着他那辆二八加重自行车走了。

老刘本想说，报了警，警察把燕子抓起来，那孩子不就毁了么，刚十八啊。但老刘转念一想，要是把这话说给小店员，备不住她也学着燕子给他来这一手，那谁受得了啊！算了，还是去她家吧。

走了一半路，老刘的电话响了，是小萍打来的。

“老刘啊，燕子她爸妈带着她到咱家赔罪来了。你快回家。”

原来，燕子和他男朋友打算弄点钱，到南方去打工或者做点买卖，发了财，再衣锦还乡，加倍赔偿老刘的损失；俩人有钱了，燕子父母也就没有理由阻挠他俩相处了。

想得是挺好，但俩人要技术没技术，要文凭没文凭，一连走了三四个城市，也没找到理想的工作。

俩人又没有长远计划，说实话，他俩还是孩子呢，根本不会去想太多的事。偷摸变卖老刘的货，也是头脑一热做出来的。

到后来，两个孩子把找工作变成了游山玩水，不多时钱就花得差不多了。钱一紧张，俩人的关系就随之紧张。燕子埋怨男朋友没本事，挣不到钱，找不到工作；男朋友埋怨燕子，不该出这个馊主意，害得现在连家都不敢回了。

这样又挺了半个多月，钱粮告罄。男友想带着燕子到他乡下的舅舅家去，燕子不愿意去。俩人大吵一架，男友独自走了。燕子哭完之后，想不出办法来，给家里去了电话，她爸坐当天的火车过去把她接回了家。

到家后，燕子爸妈商量一夜，觉得还是主动带着她去给老刘赔罪，再赔些钱是最好的解决办法。燕子不去，说她没脸见老刘，不料却在街上被人看见，就只得登门请罪。

燕子爸妈说了一大通道歉的话，又让燕子给老刘跪下，目的只有一个，求老刘不要报警。

老刘叹气，说："说到底还是孩子，我报啥警？当时我也是懵了，才打的110。算了，只当我倒霉，孩子安安全全回来就好，我也不想因为这点事就把孩子一生给毁了。你们放心，我明天就去派出所，跟他们说我们私了了，没事了，让他们把案撤了。"

燕子爸妈听了，千恩万谢，留下几千块钱走了。

小萍说："瞅他们也够难的，没啥正经工作，孩子还不争气，一个大闺女家，跟男朋友在外一晃就几个月。这闺女，要是男朋友不娶她，可就难找婆家了。"

老刘说："屁！她再难有我难啊，我还发愁我闺女咋办呢。"

## 6

老刘不知道，实际上，此时玉儿的哮喘已经很明显、很严重了，他们还当是感冒呢。

老刘其实也有点发觉，感冒怎么会这么缠人，这么难治呢？而且感冒治好了咋还咳嗽、气喘呢？

尤其晚上，玉儿特别容易咳嗽，一旦咳嗽剧烈起来就会伴有呕吐，出现气喘的情况。每天早上孩子都会喷嚏不断，还会流很多稀鼻涕。

小萍不知哭过了多少回。她跟老刘说过，玉儿要是有个三长两短，她也不活了。然而老刘除了带孩子上医院，没有其他办法，眼看着孩子生病越来越频繁，治疗的力度也是越来越大。

老刘到县医院都不用挂号了，直接到儿科李主任的诊室。医院里的大夫护士基本上都认识老刘一家三口了。

李主任也没别的太好的法子，依旧在输液里添加喘定。他担心随着时间的推移，喘定也会逐渐失去疗效。

李主任的担心不幸变成了现实，仅仅几个月后，喘定就不好使了。出于无奈，李主任给孩子用了氨茶碱。他忧心忡忡，并向老刘暗示，氨茶碱也未必能起到治本的作用。

玉儿的病又重新掉到了从前的怪圈里。

玉儿每次生病和气喘的时候就到医院输液，大量使用各种抗生素消炎，用氨茶碱止喘，而且青霉素是每次都必须要用的。

玉儿病快快的模样，看着可怜。一年前她过生日，吹蜡烛许愿，一年后她问老刘：“爸爸，为啥我的病还不好利索呢？我过生日时都许愿了。你说过的，许了愿，第二年就会实现。”

小萍听了，背过身偷偷抹眼泪。老刘把孩子紧紧抱在怀里，对她说：“玉儿乖，咱们的病不会不好的。只要你听话，好好打针吃药，很快就会好起来。”

从小时起，玉儿就比其他孩子显得懂事、坚强。别的小朋友患病到医院打针，哭声震天，房盖都快给掀了。玉儿刚开始时也哭闹，不想吃药不想打针，老刘和小萍一哄，或者鼓励她，她就不害怕打针吃药了。现在呢，打针吃药对她来说就是家常便饭。

如果有一天，玉儿不咳嗽、不气喘，老刘家就跟过年一样高兴。这样的情景，每个月也就有那么四五天。

玉儿每个月都有 15 天以上的时间要去医院的门诊输液，或者在家里使用抗生素，有时缓解两三天，然后又要去输液，而且一次比一次严重。病情陷入恶性循环啊。

说出来别人都不信，一年里老刘家有 6 个月以上的时间是在医院里度过的。最厉害的一次，玉儿连续输液 20 天，小手扎得都找不出好地方来了。

唯一值得安慰的是，燕子过来帮忙了。

燕子回家后，心神不安地过了好几天，她不相信这事就这么完了。半个月过去，警察并没有找上门来，燕子的爸托人打听了，因为是当事人老刘主动要求撤案，派出所了解完情况，就把案子撤了。

燕子听了很感动，此时才觉得自己真的做错了。她得知玉儿的病情后，主动跑过来帮着忙前忙后，老刘才有空得以照料门店的生意。

## 7

一天，玉儿喘得非常厉害，用了很多天的氨茶碱也没有起到作用。又正好赶上老刘去进货，小萍抱着玉儿，在燕子的陪伴下去了医院。

老刘忽然接到小萍的电话："你快来呀，孩子不行了！"电话里小萍的声音带着明显的哭腔。

老刘一听都懵了："怎么好好地去输液就不行了呢？"他货都顾不上了，掉头就往医院奔。

这一次玉儿的气喘程度很严重，并且持续很长时间，氨茶碱没有起到缓解作用，现在已经喘成了肺气肿。呼吸科的大夫给孩子用了一种强心的药但气喘仍然未见好转，最后玉儿有了心衰的症状。小萍边哭边求大夫，大夫也束手无策，他说："现在看来，心衰的问题不太大了，可是气喘始终没有停下来，只能观察一段时间再说。"

燕子给小萍出主意说："玉儿看起来这次挺不好的，你得给我刘叔去信儿让他回来，万一有点啥事，咱得有主心骨啊。"

于是小萍就给老刘打电话。事实证明，燕子的话没错。

老刘到了医院，一看玉儿的状态，就觉得不能这么干耗下去。老刘转身跑到儿科诊室找到了李主任，李主任一直给玉儿看病，玉儿的情况他最熟悉，说不定他能有办法。

李主任和老刘来到呼吸科病房。李主任凝神看了玉儿一会儿，然后对老刘说："你赶紧去县里最大的药店去买一种叫万托林的药。这是一种支气管扩张剂，我们医院里暂时没有，你去药店找找看。一定要买回来！记住，万托林，一万两万的万。"

老刘立刻赶到县里最大的药店，一问，还真有，就及时买回来，暂缓了玉儿的病情。

## 8

燕子时常劝老刘两口子，说好人有好报，玉儿的病肯定会好的。但日子并没有像老刘盼望的那样，反而越来越难熬。稍微有点风吹草动，玉儿稍微有些身体不适，老刘一家人的心就提到了嗓子眼。每当晚上孩子咳嗽，哪怕只是咳嗽一声，他们就一晚上不敢睡觉。

小萍常常叹气："这种日子啥时候是个头呀。"她刚三十多，竟然有了鱼尾纹。老刘责怪自己这个当父亲和丈夫的没能耐，对不住孩子和老婆。

就这样老刘一家熬过了一年。可是玉儿的病并没有像医生说的那样长大一些就会减轻和消失，反而是越来越频繁和严重了。亲戚朋友也出了不少主意，让玉儿试试他们不知从哪儿淘来的偏方。

"我哪敢用！孩子那么小，本来药就没少吃，再去吃那种来路不明的偏方，吃出别的毛病咋整？"老刘跟那位曾出车帮过忙的朋友说。

朋友说："也对，玉儿体质弱，有可能扛不住。"

老刘仰脖一口喝下杯里的酒，说："医生说，得等到孩子青春期发育才有痊愈的可能，那就是说，要等将近十年的时间。孩子还要受十多年的罪！这怎么能行！我怕哮喘对孩子的影响越来越大，其实玉儿将来考不考上大学没关系，咱们都这样，也不能给孩子太多压力。我最怕影响孩子的成长发育。”

“再说，万一在这十多年里，孩子有个三长两短咋整？已经有了一次心衰了，再来一次的话，别说孩子的心脏受不了，你嫂子的心脏也受不了啊。而且这棵十年以后才看得见的救命稻草，到时候不管用，不就抓瞎了吗？医生说的可是有可能痊愈啊！”老刘越说越害怕。

朋友说：“要不你去大医院看看？去省城，要不就去 A 市，反正都是花钱，要花就花在刀刃上。我知道你经济不宽裕，出了事，刚有点缓，我这儿有点钱，也不多，你要用就吱声。”

朋友的话启发了老刘。喝完酒，老刘回家跟小萍商量，小萍让老刘拿主意。

老刘说：“就是卖房子卖地，也要给玉儿把病看好了。咱们上 A 市！我就不信了，难不成 A 市的大医院也治不好么？”

就这样，老刘一家三口来到 A 市一家很有名的医院。在网上抢上了一个呼吸科专家的号。

“那劲儿费得，比见中央领导还难。”老刘给朋友“汇报工作”说。

然后就一通检查，楼上楼下地跑。医院大，人也多，干什么都排队。拍片子、抽血化验、做肺功能、做过敏原测试……一个一个队地排，一个一个项目地查。

诊断出来了，过敏性哮喘。玉儿是粉尘螨六级过敏，很严重。

医生责怪老刘做家长的为何拖了这么长时间才来给孩子看病。老刘只有听着，医生哪里知道这些年来他们的情况。

医生开出的治疗方案是：顺尔宁 4 毫克，每晚一粒；开瑞坦每晚 5 毫克；普米克气雾剂，使用储雾罐每晚一喷；丙卡特罗片需要时用。

在服药过程中，老刘发现孩子对丙卡特罗过敏，越使用越严重，所以决定还是使用万托林作为紧急用药，定期来 A 市复诊。

按以上方案治疗了一年，效果怎么说呢，并不理想，玉儿的病情没有得到大幅度改善，还是每月发作一两次。这一年来老刘又到该医院去过几次，专家每次都说要按原方案治疗，药该怎么吃还怎么吃。

玉儿的哮喘突然发作时是最可怕的，晚上发作时家里人用万托林止喘，天亮后再去医院使用抗生素和氨茶碱，仍然重复着最开始时的老样子。而且又多出了一个令大人孩子头疼的新毛病。

一天玉儿吃不下饭，嚷嚷嘴疼。小萍看了看，发觉玉儿口腔内有一块不小的溃疡。

小萍赶紧喊老刘，说:“不能是缺乏维生素吧？平时玉儿的蔬菜也没少吃呀。”

老刘认为是玉儿体质不好，吸收也不好所致。于是买来很多果蔬汁给孩子喝，后来干脆让她直接吃21金维他、善存之类的保健品。过了一段时间，溃疡反倒更严重了，甚至咽喉都发炎了，吃了各种消炎类的药也不管用。

玉儿打小习惯了打针吃药，是个乖巧懂事的孩子。她知道自己身体不好，让爸爸妈妈操碎了心，在治疗方面很配合。但是这次，孩子不干了。老刘也发觉每次使用完普米克气雾剂，第二天孩子肯定嚷嚷嘴疼喉咙疼，哭叫着不要再用气雾剂。

而喉咙的炎症又会引发哮喘，老刘只好加大普米克气雾剂的使用量，这就导致再一次陷入了恶性循环的怪圈。

玉儿形成条件反射，一看气雾剂罐就哭闹，拒绝使用。

怎么办？小萍想出了一个主意，等玉儿睡熟以后，把普米克气雾剂罐轻轻地放在她的脸上，罩住她的口鼻部位。

实际上，当时玉儿的用药存在很大的问题，没有人告知老刘他俩这方面的注意事项，直到他俩遇见程教授。

小萍有次气愤地说:“吃了这么多药，跑了这么多医院，孩子的病非但没瞧好，反倒越来越重了。这叫啥事呀。咱们不吃了！”

老刘觉得停药不对，但也说不出什么理由反驳。在小萍的坚持下，渐渐地停止使用了那些药物。

那段时间老刘两口子真的绝望了，要说以前不管怎样，治疗的过程有多痛苦，毕竟还抱有治愈的希望，可现在……

老刘情绪极端低落，这次实实在在感到了什么叫绝望。“我的孩子没有了未来，我的家庭没有了明天……”

老刘彻底放弃了治疗，回到了老家县城。

他找朋友借酒消愁，朋友劝他别放弃。老刘说：“A 市的大医院都治不好，不放弃还能怎么样？现在只能看老天眼色行事，按县医院医生说的那样，盼望孩子到十几岁时自己好转。”

三杯酒下肚，老刘又说：“我心里明白，把孩子的病寄希望于这上面，其实就是认命了。到时候玉儿能好，说明我老刘没白活儿；要是不能好，只能说我上辈子造孽。这话只能跟你说，要是玉儿妈妈她知道的话，还不得跳楼！”

朋友说：“吉人自有天相，我不信玉儿会治不好。来，为了玉儿，干了！”

老刘的朋友没有说错，或者可以加上一句，好人有好报。2011 年夏天，燕子的父亲来到老刘的门店。老刘很惊讶，虽说事情早已了结，而且燕子还经常过来帮忙，但老刘从没想到燕子的父亲会亲自登门拜访。

两人寒暄客气了一番，燕子父亲说：“我知道你们一直为孩子的病操心，我听燕子说了，已经确诊是哮喘了。刘老弟你千万别着急，我一直四下打听哪儿的大夫能治这病。这不，我刚听我的一个亲戚说，他同事家的孩子也是这个毛病，跟玉儿差不多一般大，今年七岁，也是女孩。她是在 A 市第一儿童医院治好的，找的是一个姓程的老专家，你们可以找她看看。”

老刘嘴里道着谢，却没有放在心上，回家晚饭时随口和小萍说了一嘴。小萍一听，马上推开饭碗，饭都不吃了，上网查了一下，她觉得这个大夫靠谱，便执意去找程教授。

小萍跟老刘说："这是最后一次了。看好了当然最好，看不好咱们也尽了做父母的心了，咱不后悔。"老刘想，也对，万一真的看好了呢。他们都没料到，此次看病，才是玉儿病情的一个根本性的转折点，真正的科学、正确的治疗从这次才开始。

## 9

程教授把孩子以前的病历，包括在老家县医院的病历一字不漏地看了一遍。为给老刘省钱，之前曾做过的片子和检查都不做了，只是重新检查了孩子的过敏原。

程教授认为孩子的过敏挺严重的，她建议给玉儿做脱敏治疗。

程教授说："玉儿的过敏性鼻炎也很严重，必须尽早控制。"

她制定了新的用药方案，顺尔宁 5 毫克，每晚一粒，开瑞坦每晚 5 毫克，信必可早晚各一吸，辅舒良鼻喷剂每早每鼻孔各一喷，粉尘螨滴剂舌下含服脱敏，槐杞黄颗粒三个月，万托林需要时用。

小萍看着老刘从药房拿回来的辅舒良鼻喷剂，有些担心，问程教授这种药有什么副作用。

程教授回答说，这类药的副作用极小，只要严格按照医嘱使用就绝对没有问题。"另外，每次使用治疗哮喘的吸入药物后千万记得要给孩子洗脸漱口。"

"为啥要洗脸漱口？"老刘马上反应过来，隐隐约约觉得程教授的叮嘱和玉儿以前的口腔溃疡及咽喉发炎有关。

"我看玉儿的病例，上面开过和信必可类似的药。"

"是普米克气雾剂。"小萍说。

"难道没人告诉你们吗？使用这类吸入式含激素的药以后，必须认真细致地洗脸和漱口，尤其是漱口，必不可少，否则容易引起口腔溃疡和咽炎。"程教授很惊讶老刘的提问。

老刘小萍愣住了。

原来如此！当初用尽了各种法子都没有止住孩子的口腔溃疡和咽炎的根子在这儿！

程教授的治疗效果立竿见影。玉儿哮喘的发作次数开始明显减少，到现在已经有一年多的时间不发作了，而且也不再害怕感冒，因为感冒也不会再引起哮喘了。

“实际上，孩子的哮喘大多情况下不是由感冒引发的，而是你们把哮喘当成感冒来治了。”程教授说。

在以后的复诊中，程教授还教会老刘两口子在不同情况下应该怎样为孩子调整药物。

玉儿的生活质量得到了很大的提高，能够正常参加各种活动和体育项目，有了良好的肺功能。经过长时间的监测，她的峰流速和肺功能一直处于正常范围内。值得欣喜的是，在程教授的指导下，现在孩子已经开始减药，这是老刘全家以前从来没有想过的。

老刘对小萍说:“多亏了燕子他爸，让我们来找程教授看病。”

“是得感谢燕子他爸，更要感谢程教授，你不要把主次颠倒了好不好。我看你是高兴得冲昏了头脑。”小萍纠正老刘说。

“你俩都高兴得冲昏了头脑，我也高兴得冲昏了头脑，不知道怎么高兴了。”玉儿在旁边说。一家三口人都笑了。

“这欢乐的一幕有多长时间没出现在我家了？”老刘努力回想，却怎么也想不起来。

## 10

由于做买卖的原因，老刘养成了记账的习惯。但从程教授那里回到县城老家的第二天起，老刘主要的记录内容就不再是出入账了。

这天老刘在店里伏案写着什么，他的朋友找上门来。

“老刘，你行啊，光顾着挣钱了吧，这些日子也不过来找我喝酒了。”

老刘抬头一看，大喜，说：“挣什么钱，有日子没见你了，正好你来了，等打烊了，我请你喝酒。”

这时，燕子过来给老刘的朋友倒茶。

等燕子走到另一边接待顾客，朋友斜过身子，低声问：“这是卷了你的货，跟别人私奔了的那个妞吧？你怎么还敢用她？不怕哪天把你也给卷了跑？哈哈。”

老刘也低声说：“少放屁。那还是个闺女呢，你说话注意点。”

朋友轻浮地吐了口烟，说：“都跟男朋友私奔了，还是黄花大闺女？”

老刘正要反驳，朋友挺正经地问：“你可得说明白了，你咋还敢用她？”

老刘就把事情的来龙去脉说了一遍：“这次去看病，我还让燕子帮我看店。我觉得人心都是肉长的，何况她还是个孩子。孩子能不犯错吗？咱得给她改正的机会对不对？再说了，你在她那个年龄时，也没少干坏事，我就不认你了？”

朋友撇撇嘴，说：“我要是打你的主意，怎么也得把你楼房卖了，就你这点货，能值多少钱啊。说，你是不是想泡人家小姑娘？”

“别瞎说，我都能当她爸了。这是你嫂子的主意。”

“晚上上哪儿喝啊？”

“你挑地方。”

“海鲜楼。”

“谁挑地方谁埋单。”

“我去，你在这儿等着呢！那还是你挑地方吧。”

两人斗了一会嘴，抽了一通烟。老刘继续写东西。

“你这点破账还没登完？”

“比账可重要多了。”

“哦？”朋友来了好奇心，抓过账本一看，其中一页写着：

2011年某月某日。天气：晴转多云。

玉儿的运动情况：上午，跟随妈妈在小区里慢走三圈，快走三圈。下午，增加慢跑三圈。

峰流速仪预期理想值：202

今天最高PEF：195

最低PEF：180

PEF变异率：4%

结果：低于20%，属于正常范围。

朋友说："你记的都是啥呀？天书似的，前面还是人话，后面看得我脑瓜子都大了。峰流速仪是啥？"

老刘笑道："你看不懂就对了，这是我给玉儿记的'哮喘日记'，专门针对玉儿病情进行有效管理和检测。峰流速仪对哮喘病人来说，相当于血压计对高血压患者，血糖仪对糖尿病患者，都是必不可缺的测量仪器。峰流速仪就是测量肺功能的。"

老刘喝了口水，把日记翻到一页，说："你看，我画了表格，这样就能很直观地看清楚了。"

朋友探过头，看见表格涂得花花绿绿。老刘翻到另一页，这页更过分，居然有好几个曲线图。

朋友装作一副大惊的样子，说："老刘啊，你是数学天才啊？上学时我咋没看出来？"

"都是逼出来的。"老刘说："医生建议我记哮喘日记，说好处挺多：一是根据日记的内容能够很好地了解孩子近段时间的哮喘控制情况；二是能够很直观地找到孩子发作的规律，然后进行有规划的控制；三是看医生时可以通过哮喘日记对孩子的病情进行评估和必要的药物调整。所以，持之以恒地记录哮喘日记是哮喘长期管理计划的重要内容之一。"

"这花花绿绿的，是啥意思？"

“这是玉儿身体状况的红绿灯。”老刘说：“我把日记表的峰流速值部分直接分出了绿灯区、黄灯区和红灯区，三区分明，更加直观。测定的峰流速值在哪个区域一目了然，可以更加快速地判定哮喘控制情况。每天计算变异率，再结合曲线图的走向，能够很好地掌握孩子最近的哮喘控制情况，及时了解当天和以后几天里有没有急性发作的症状发生。”

“绿灯代表安全、正常，预计值的 80% ~ 100%，日间变异率 <20%，可以按常规用药；黄灯代表警告，预计值的 60% ~ 80%，日间变异率为 20% ~ 30%，可能有哮喘急性发作，也可出现喷嚏、喘息等症状，最好去医院找医生；红灯代表危险，预计值的 60% 以下，这时症状较为严重，应该立即吸入速效支气管扩张剂，比如万托林，并且应该立即去医院治疗。家里的峰流速仪上，我也贴了这三种颜色的纸条，一眼就能看出孩子的肺功能好不好。”

“行啊老刘，这法子不错。”朋友赞扬道。

“都是医生教的，不过，我现在确实对治疗哮喘有点心得。这么说吧，以后你得了哮喘，包在我身上，免费，绝对手到病除。”

“滚，滚，你啊，还是赶快治治我的酒病吧。”

## 11

玉儿一天比一天好，老刘却不敢掉以轻心。程教授从一开始就再三地嘱咐他：家长一定要了解孩子的病情并学习与哮喘有关的知识。

通过程教授的介绍，老刘才发现以前对哮喘的认识完全是错误的，事实颠覆了他的所有看法。

老刘买了关于哮喘的相关书籍，参加了程教授组织的一些知识讲座和医患讨论，并通过网络学习哮喘知识，自己查找各种关于哮喘的资料，他现在还是程教授组织和发起的公益组织“联众过敏与哮喘健康促进中心”的成员呢，这个组织还有一个简称——CAAPP!

老刘的朋友结婚了，老刘一家三口去参加婚礼。

朋友看着玉儿问："玉儿今年得有六岁吧？个头不矮。"

玉儿说："我七岁了。"

小萍说："今年刚满七岁，身高1米27，在同年龄的孩子中还算是比较高的呢，上二年级了，在班级里排队也在后半截。"

朋友说："真不错，学习一定很好吧。来，叔叔给你拿糖吃，多装点，把你爸的红包钱赚回去。"

小萍说："不让她吃糖了，对牙不好。玉儿，来，妈带你参观参观叔叔的新房，看看有啥值钱的东西。"

婚宴上，老刘与众人推杯换盏，喝得不亦乐乎。看得出来，老刘心情很好。也是，经过程教授一年多的治疗，现在孩子已经摆脱了哮喘的折磨，老刘晚上不再提心吊胆地害怕玉儿会整晚剧烈咳嗽，不再担心她会突然发作，哮喘不再影响孩子的学习和生活，也不用成天往医院跑，尤其已经基本不再使用抗生素了，孩子的身体素质得到了很大的提高，老刘心情能不好吗？

过了几天，朋友开着车来找老刘："老刘，这几天天气不错，明天周六，咱们两家去爬爬山，搞个郊游啥的。现在可流行这个了。"

老刘说："恐怕不行啊。玉儿的病刚控制住，我可不敢让她乱跑。"

"啥叫乱跑啊，接触接触大自然，呼吸点新鲜空气不是对她有好处吗？"

"呼吸新鲜空气是有好处，但现在不行，马上就夏天了，花都开了，玉儿不能接触花粉。"

"啥玩意儿？不能接触花粉？"

"对。除了花粉，"老刘掰着手指头数，"粉尘、螨虫、刺激性气味、尘土、霉菌、油烟、动物皮毛、二手烟，还有飘浮在空中的皮屑和气味等等，哮喘患者都不能接触，这都是过敏原。"

"我去，不至于吧，照你这么说，得哮喘的还不得活在真空里呀？"

“没错，”老刘严肃地说：“这些东西，哮喘病人在接触后，气道的反应增大，气道开始收缩，黏液大量增加，使气道变得狭窄，出现胸闷、喘息、咳嗽等症状，造成呼吸困难，这就是哮喘的发作。”

“得得得，我懒得听你背书。不去了还不行吗，那咱们还是老规矩吧，找个饭馆撮一顿。”

“要喝也是咱哥俩喝，玉儿绝不会到这种人多的场合去的。空气不好，还有人抽烟。”

“唉，你这爹，真够格。服了。”

“等你当爹了，你也这样。对了，你有没有这方面的打算啊？”

“你弟妹让我戒烟戒酒呢，戒不了就不要孩子。愁啊……”

玉儿八岁生日时，燕子送给她一双崭新的轮滑鞋。玉儿高兴坏了。如今她再也不怕运动了，爱怎么运动就怎么运动。为了提高身体素质和更好地治疗哮喘，她学习了跆拳道，学会了轮滑，学会了骑自行车，在“联众过敏与哮喘健康促进中心”组织的运动会上还跑了个第一名呢！

老刘一家的生活步入正轨，他的生意也渐渐好转，燕子在店里干得不错。老刘很感激她父亲当初提供的信息，当初的不快早已烟消云散，两家人走动得挺频繁，已经成朋友了。

老刘时常跟人说：“人啊，凡事还是多为别人考虑好。这世间的事啊，总逃不出善有善报，恶有恶报。我就是善有善报，我闺女的病治好了。”

小萍对此嗤之以鼻，她说：“与人为善没有错，但咱家玉儿的病还是靠人家程教授治好的，你不去治病，天天在家烧香念佛，你看能不能好？”

老刘赶紧附和说：“是，是。治病也要对症，科学治疗。”

老刘说完，脚底抹油，溜了。他跑去和朋友喝酒，不过，老刘再也不必借酒消愁了，他喝的都是开心酒。

# 院里有棵大树





## 1

A 市城东有很多老胡同，老胡同里有很多大树。所以，这么多大树中有那么一两棵长在四合院里也并非稀奇古怪。但至少在建军看来，他暂住的院子里有棵高大的国槐是件难得的事。

2008 年北京奥运会前夕，建军搬到 A 市城东的一个大杂院里。

外面瞅着光溜水滑漂亮无比的四合院，其实已经被院里大大小小的房子分割得支离破碎，局促，小气，地面还低，潮湿，经常生出青苔来。

建军每天早出晚归，休息日睡懒觉，住了快一年了，不知道院里住了多少房客，也不知道这个大院到底有多深。院里有棵大树，他每天都经过它，令人奇怪的是，建军竟然对大树的印象模模糊糊，从未仔细看过它。

有一日建军下班回来，天已擦黑，进门时一个姑娘出门，跟建军打招呼。建军嘴里回应着，心说:“这是哪位呀？”

建军来 A 市打工三年多了，啥活都干过，尽是些送报纸、送桶装水、张贴小广告、电话销售等技术含量几乎等于零的工作。每份工作都干得不长，收入也刚好够吃住。

搬到胡同前，建军应聘了一个推销保险的活儿。保险公司在城东，恰好以前的同事回老家了，他在胡同里租的房子还有大半年才到期，房东死活不肯退钱，于是建军就捡了个便宜，搬过来了。

尽管A市是全国购买保险人数最多的城市之一，但推销起来还是很招人反感，正因为如此，销售保险提成才显得较高。

建军打工的这家保险公司是外资的，号称世界五百强，所以对员工要求相应严点。建军跑到外地花钱买了一张假的大学本科证书，也顺利过关了。其实公司对最基层的销售人员的要求只有一个——把保险卖出去。

## 2

有次建军推销未果，却被一条哈士奇咬了小腿。小狗的主人慌忙道歉，又要带他去医院打疫苗。建军觉得狗主人挺好，也有诚意，便说："大哥你真的想补偿我一下？"

"当然，当然。"狗主人说。

"那你买一份保险吧。啥险种都行。"

狗主人呆了一呆。

最后他没买保险，建军也没去医院。建军抽了他一根点五的中南海，顺手把他放在桌子上的三百块钱抓在手里，说："两清了。"

搞推销啥人都能碰上，最奇葩的是一个中年大姐。大姐和建军聊了一下午，聊她的工作种种不顺心，聊她的先生种种不尽人意，聊她的孩子如何不听话，如是等等。

建军以为陪话痨大姐聊天，她会买一份保险，但最终没有。话痨大姐也发觉让建军花了一下午的时间陪聊不太合适，她说："小老弟，我看你工作也挺辛苦的，要不大姐陪你去北海公园跳跳舞唱唱歌放松一下吧。我有年票，你的门票我买。"

"大姐，您老人家不是想泡我吧。"建军心里想，嘴里却说："谢谢您，我该走了。"

有一个漂亮女孩倒是很想买保险。

建军说："咱们换一种险行不，人身意外险，也能在一定程度上满足您的要求。目前咱们国家还不允许给脸蛋啦，大腿啦，臀部啦，上险。您说的那是外国，是欧美国家才有的。”

建军差点说出，就算是国外，也只有歌星影星才会当这种冤大头。

女孩撇撇嘴，说:“人身意外险？那就给我上一个未婚先孕的险得了。”

### 3

推销保险是件无聊透顶的工作，跟推销别的商品没啥区别，翻来覆去的就是告诉客户，购买后能实现如何如何好的结果。如果说还有一点乐趣的话，就是有时也能碰见比较有意思的客户，当然这种客户属于百年一遇。

带建军的赵姐也是外地人，山东潍坊的。

建军说:“潍坊我知道，潍坊的风筝全国闻名。”

赵姐说:“还有大萝卜和年画。”

后来建军抱着肥胖的赵姐说:“潍坊还有萝卜一样水嫩，年画一样漂亮的赵姐。”

赵姐啐了建军一口，嗔道:“就你嘴甜。”然后她又说:“你也老大不小了，该正经百八地找个对象了。”

赵姐其实应该说丰满，没人说杨贵妃肥胖对吧。赵姐家境不好，独自来A市打工多年，受尽了劳苦和委屈，她发誓一定要找个A市人。

赵姐终于嫁给了一个大他八岁、二婚带小孩的男人。赵姐说这些都不重要，重要的是他是A市人，而且是公务员。

赵姐也大建军八岁，不知道这是不是重点。

赵姐并不漂亮，但也不丑，皮肤很白。她丈夫刚开始对她很好，后来因为赵姐发福，加上外面的诱惑比较多，丈夫开始有些冷落她，到现在已经夜不归宿。

“反正我们之间也没有感情，他不愿回来就不回来。”掐着丈夫工资卡的赵姐满不在乎。自从她落户后，她更不在乎了。与此同步的是，夫妻俩分居了。

她丈夫在政府部门工作，对离婚忌讳颇大。他不提离婚，赵姐也不提，俩人就这么过。过了一段时间，赵姐让他出钱，在三环边上买了一套小两居的房子，自己搬去住了。房本的名字是赵姐的。虽然那年的房价还没现在这么离谱，但赵姐也觉得他这回出了血本，以后也不再向他提什么要求了。

建军站在阳台上，透过落地窗俯瞰路上的车流滚滚，说:“我就是累死，也买不起这么一套房子啊。”

赵姐走过来，像妻子那样从背后抱着建军，说:“买不起的人多了。你要是真想要，就找个好媳妇，我把这套房子送给你当新房。”

虽然建军明知这是虚情假意，心里还是感动了一下。

建军从没想过能买房的事，就像从没想过和赵姐能发生什么。但有些事总能叫人猝不及防。

“如果我能买到这样的房子，我就信上帝。”从赵姐家出来，建军回到租的小厢房，推开房门的一瞬间，建军这样对自己说。的确，低矮黑暗的西厢房与赵姐的高层公寓相比，简直就是两重天。

赵姐留建军住下，他却不同意。

建军想传达给赵姐的意思是：其实他们这种关系不正常、不健康，不能过多发生。事实上，建军去赵姐家的次数也是屈指可数的，这在一定程度上也保证了他俩在工作期间能以正常同事间的态度相处。

刚入行时，包括建军在内的三个新人分配给赵姐带。赵姐不知为啥很看重建军。但在三个月试用期间，真正把保险卖出去签单的，只有那个连险种都记不全的张剑。

赵姐只好把她的一个单子给了建军，于是建军和张剑留下了。

## 4

建军带着蔷薇四处乱转时，有次竟然碰到了赵姐。在这座拥有三千万人口的大城市里，真是邪门。

三人找个地方一起坐了一会儿，然后告别。

蔷薇问建军：“你是不是和赵姐有事？”

建军大惊，把三人在一起说的话和举止快速地过了一下脑子，然后笃定地说：“你咋会这么想，赵姐是我领导。”

蔷薇说：“我看赵姐看你的眼神不对。你们没事当然好了，当我没说。”

建军抓住蔷薇的手，看着大街对面一对拥抱接吻的小情侣说：“当然没事。我累了，咱们回去吧。”

此时建军和赵姐保持纯粹朋友关系有很长时间了。其实在认识蔷薇之前他们就不再在工作以外接触，顶多是通几次不咸不淡的电话而已。但建军还是有点心虚。

“为啥你的通话记录里，和赵姐的通话最多？”面对蔷薇的质问，建军只能说赵姐是他的主管领导，这都是平时工作通话。

“哼，你小心点，给我惹急了，我去查你通话内容。”蔷薇“恶狠狠”地说。

## 5

夏天，建军经常去路口一家露天烧烤店喝点啤酒吃点烤串。

露天是被迫的，店家没有多余的房子提供给食客，连烧烤的棚子也是临时搭盖的。食客们就坐在路边的小马扎上，围着一个小木桌。人稍微多一点，就只能屈居公厕旁了。但这并不妨碍它吸引大批的粉丝，尤以年轻人居多，甚至还有一部分人是驱车远道而来。这家烧烤店只有两样：羊肉串和烤翅。后者是姑娘们的挚爱。

一个大龄姑娘端着一盘烤翅，对建军说：“你也来了。你不介意我坐这儿吧。”说完就一屁股坐在建军面前。

建军当然不会介意，不管她是大龄还是妙龄。但因为是大龄，就很可能已婚或有了男友，建军犯不着献殷勤，可听着她的话似乎认识建军，建军无法确定，只好闷头喝酒，或者看着屋脊上趴着的猫。

那姑娘不再言语，集中精力对付鸡翅。她很快就吃完了。房上的猫“喵呜”一声，跳下来，跑到她跟前。她把鸡骨头扔给小猫。

“好可爱。这是一只亚洲短毛猫。”说完她就一扭一扭地走了。

“什么亚洲短毛，这分明是一只烧烤猫嘛。看它黑不拉几，有几个地方还是褐色的毛，一看就是烟熏火燎出来的。”建军盯着那姑娘远去的背影，心里叨咕着。

建军不知道，姑娘的名字叫蔷薇。

建军把这番话说给蔷薇听时，已是秋风萧瑟时节。

她听了格格地笑，继而大怒，说：“那时你就盯上我了？”

建军说：“是。”

她说：“你个大色狼，你个大流氓。”

建军一边躲着蔷薇的拳头，一边说：“让男人动念头是对一个女人最大的恭维。”

蔷薇追出门外，俩人快活地绕着院里的大树追逐着。她忽然停下了，捂着胸口慢慢坐在地上，大口大口地喘气。

建军不知道怎么回事，收住奔跑的脚步，转过身子，只听蔷薇困难地说：“快，我屋里有，有药。”

“你咋地了？什么药？”

“我……我哮喘犯了，屋里写字台中……中间的抽屉里有，有个小筒子，拿……拿来。”

建军冲进蔷薇的房间，拉开写字台中间的抽屉，胡乱翻着，终于在一堆化妆品里找到一只写着“万托林”字样的小罐。

“就是它了！”

蔷薇接过建军递过来的小罐子，把喷嘴对准自己的口腔，熟练地摁了两下，片刻之后，她的呼吸平稳下来。

建军把蔷薇扶进屋里，要她躺下。

蔷薇低声说:“哮喘病人不能躺着。”她停了一会儿，又说:“你帮我坐起来，把枕头靠在我背后。”

建军按照她的吩咐做了。

建军说:“你这病是生孩子不叫生孩子，叫吓（下）人了。”

蔷薇又给自己喷了两下，缓了一阵子，说:“你还有心开玩笑？”

建军给她倒了一杯白水，说:“上医院吧。”

蔷薇说:“不用。我这是老毛病了，吸了药，过一会儿就好。”

建军说:“你年纪轻轻的，怎么会有这个病？”

蔷薇说:“去把抽屉里的药给我拿来。我这个病，打小就有了。”

蔷薇吃下药，叹了一口气，说:“我有这个病，你还跟我好吗？”

建军说:“你把我看成什么人了。再说，现在医学这么发达，什么病治不好，何况一个区区哮喘？”

蔷薇说:“看来你是不了解哮喘呀，一个区区哮喘，你知道我治了多少年吗？不过你也别担心，我很长时间没犯了。这几天公司比较忙，我忘记按时吃药了，加上空气也不好，刚才追你累着了，才有点喘，没多大事。这不算犯病。这种病复发原因千奇百怪，你肯定想不到，我最厉害的一次犯病竟然是因为吃了一点果仁。”

## 6

保险的活很不好干，建军几次想辞掉，但赵姐不同意。

她说:“你辞职不如我辞职。我辞了职吃喝不愁，你辞了职喝西北风呀。”

建军说我可以回中关村接着卖电脑，或者送快递。

赵姐说:“男人得有点出息。”

建军心想:“我都傍上你了，还有啥出息。”但建军没敢说。

赵姐说:“我手上有几个好客户，基本上差不多了，你去谈，就说是我弟弟。我提前和他们打招呼。”

建军说："咱俩也不是一个姓啊。"

赵姐说："就你认真，现在谁还较真啊。让你去你就去得了，哪儿那么多废话。吃完饭陪我去练瑜伽。"

自从建军和赵姐在一起，她开始注重自己了。这么说并不表示她之前不打扮。天下没有不打扮的女人，只是赵姐下的工夫比以前大，以前她可没有如此大的毅力去减肥。

这可以解释为赵姐对建军的重视，也可以解释为赵姐借助建军焕发了第二春。不管怎么说，赵姐并没有明确提出或暗示过她要和建军长久在一起的意思，相反，建军隐约觉得她有种抱歉或补偿的意思，建军说不清。

建军和赵姐发展成这种地下关系的起因建军一直琢磨不透，但起点很清楚，也很俗套。

三年前的年会上赵姐喝大了，建军不得不给她弄回家去。他们这个小团队，除了张剑和建军，剩下的都是女的，赵姐看不上张剑谁都知道，建军只好责无旁贷。这很正常。

出租车司机有点不愿意载客。建军有点急了，说："要是吐你车上，我付双倍车钱。"

满身酒气的赵姐靠在建军肩头，建军发现她眼角已有了皱纹。

赵姐不瘦，建军不胖，虽然有电梯，但给她弄到五楼建军还是出了一身汗。出了汗，酒后的头疼就消失了，建军嘴干舌燥。

敲了半天门，斜靠在建军肩膀的赵姐忽然说："别敲了，家里没人。钥匙在我包里。"

他们进屋，建军把赵姐放在客厅的沙发上。

赵姐说："烧点水，喝的和洗澡的。谢谢你了，建军。"

建军看了一下手机，晚上九点半，不算晚。建军沏了一杯茉莉花茶，给自己沏了很浓的红茶。

"你感觉好点了吗，姐夫啥时候回来，他一回来我就走。"

"他好久不在这儿住了。"

建军有点惊讶。这种隐私赵姐其实不必和建军说，而且她把家称作这儿。建军一时接不上话，气氛略显尴尬。

赵姐说:“我早就习惯了。”

建军一口气喝下茶，说:“赵姐，你要是没啥事我就走了。”

赵姐说:“帮我再倒点水。我这里也没老虎，你着啥急。”

建军用热水烫了毛巾，给赵姐擦了脸。

赵姐蜷在沙发里，幽幽地说:“好长时间没人这么伺候过我了。”

建军说:“你找个保姆啊，找个菲佣。你也不差钱。”

赵姐说:“菲佣也不会给人擦脸的。你知道吗，在A市，这么大的地方，我举目无亲，连个说话的人都没有。何况，钱能解决的问题都不叫问题。”

建军觉得不该是自己充当赵姐的倾听对象，却没法张口说走。

那晚赵姐给建军讲了很多她的事情。

赵姐从本省一所普通大学毕业后，被分配在老家一个自来水公司上班，工资在当地属于不高不低。她的父母是普通工人，工厂花了几千块就把三十来年的工龄买断了。父亲重新应聘上岗，干了不长时间就到了退休年龄，然后自己弄了个三轮摩托拉活儿。母亲在家伺候一家老小，顺便帮着弟弟打理他的小超市。

“我从小心就高，但我从来不表现出来。”赵姐说，“我脑袋笨，别人学一遍的东西，我得学两遍三遍，尤其是数学，但我肯下功夫。我们老家那儿其实是农村，就是一个县城的边上，现在还有很多人家靠种地为生。学校的升学率也不高。我的成绩中等偏上，其实我一直藏着，有时会做的题故意不做。我能考上大学，让很多人吃惊。我也很吃惊，我以为能考上更好一点的大学呢。嘿嘿。”

“我有个很要好的大学同学，她条件好，带着我去过很多大城市游玩。因为她父母不放心她一个人出去，所以她就叫我陪她。”

“毕业后，她顺从家里的意思，嫁给了官二代，不久就移民加拿大了，后来听说又去了美国，渐渐就失去了联系。”

“我这个同学对我很好，但有时不经意会流露出对我的鄙视。我也明白，你吃人家的，花人家的，人家能不鄙视你吗。那时我就下了决心，要么自己挣大钱，要么就嫁给一个有钱人。建军，你不会看不起你姐吧？”

建军说：“怎么会呢赵姐，你的想法也是我的想法，你是全中国当代有志青年的杰出代表。”

赵姐不理会建军的油腔滑调，自顾自地说：“有时候我真觉得没劲。你说我房子有了，这些年也存了积蓄，可是这婚结的。别人结婚，幸福，快乐，我呢，感觉像啥你都猜不到。我们领证那天，我看着通红的结婚证，就跟现在签个保险合同差不多。”

赵姐说着说着竟掉下眼泪：“家里只知道向我要钱。我嫁到这里以后，他们一天到晚和亲戚朋友炫耀，从来没问过我过得咋样。”

建军不敢再贫嘴，他一时找不到安慰的话。

“你今晚别走了，陪陪我行不行？”赵姐也不敢看他，低头说道。

## 7

最近建军有点烦。他跟踪服务快一年的两个客户早就答应签合同了，但就是没时间，建军不知道他们真的忙得连这点时间都抽不出来，还是在敷衍他。

就在建军已经不抱有希望时，其中一个客户让他今天中午去签合同。顿时，他这几天的烦恼一扫而光。建军已经在路上了，却忽然接到客户的电话，说有急事，让他暂时别过来，等电话通知。

建军嘴上客气着，心里这个气呀：“你大爷，说话有没有谱啊。”

他只好顺原路返回。快到公司时，电话响了，建军一乐，以为是客户的电话，看来电，却是赵姐。

赵姐说：“建军，我在部队医院，你赶快过来，我弟弟哮喘犯了，从老家来了。我一个人忙不过来，你要没啥要紧事，过来帮帮我。”

赵姐是老大，父母中年时给她添了一个弟弟。像中国所有的家庭一样，弟弟受到全家的宠爱。弟弟小时候总咳嗽，不严重，上了几次医院，大夫说有炎症，吃了点消炎药略有好转，谁也没太注意。没想到冬天的一次感冒，让他的咳嗽越来越严重，用了很多抗生素也不管用，最后出现了明显的喘鸣声，到了省城大医院一查，是哮喘，已经很严重了。

弟弟的病始终没有治愈，也没有查到明显的过敏原，一到冬天全家人提心吊胆。弟弟咧咧巴巴上完高中就不再念书了。

“赵姐你别着急啊，我马上过去。”建军说。他伸手拦下一辆出租，这时手机又响了，这回可真是那个客户。

“小程啊，你一个小时能到我这儿吧。我改主意了，不只买我一个人的保险，我决定给公司所有正式员工都买一份。你赶快过来，一个小时后我得去机场。”

建军立刻呆了。

“喂，先生，你要不要车？”出租司机探出头来，不耐烦地问。

“要，要。去……去现代城。”建军钻进车里，眼前晃动着一大堆保险合同。要知道，那个客户的公司有三十多个员工啊。

“得嘞。”司机发动汽车，奔着现代城方向驶去。

建军有些心烦意乱，他望向窗外，试图分散注意力，但他看见的每一个女性，他都觉得像赵姐。

出租车开了十多分钟。

“师傅，我不去现代城了，去部队医院。”建军忽然说道。

“你到底去哪儿？下一个路口我可要上三环了，那是奔着现代城。你得说准了。要去部队医院，下个路口咱们就得左转。”

“去医院，去医院。”建军说。

出租车在路口左转向之后，建军整个人从矛盾中挣脱出来。他给客户打了电话，先说了一大堆道歉的话，再说缘由，亲戚有了急病，这次不能按时赴约了，让客户别等他，等客户回北京再谈合同的事。

建军挂断电话，叹气，自言自语："到嘴的鸭子飞了。"

司机师傅说："小老弟，别说到嘴的鸭子，就是吃到肚子里的鸭子，也能飞。这年头，保不齐的事太多了。我有个朋友，他……"

建军听不进司机师傅的话，想着心事。

到了医院，建军对神情有些凌乱的赵姐说："你去安顿好大爷大妈，我陪你弟弟看病。哮喘这病，我还算了解，知道该咋做。你照顾好老人家就行。"

赵姐狐疑地看着建军，问："你还了解哮喘？"

"别磨叽了，你们挂上号了没？"

"没有，我爸在排队。"

"让大爷别排了，我想办法去搞一个。你们就在原地待着别动。"

"好吧。"

通过关系，建军搞到了一个呼吸科的专家号，就让赵姐带着爸妈先回家，俩老人颠簸一路，都快八十的人了，别一起住院啊。

建军陪着赵姐的弟弟看病。

赵姐的弟弟很木讷，从头到尾只跟建军说了一句话："我叫小东，谢谢你，李哥。"

医生询问病情，他也是问一句答一句。

建军楼上楼下地跑，交钱，取化验单。一通检查，结果出来了，肺功能低下，过敏性支气管哮喘，但是过敏原还得再做进一步检查。

临近黄昏，赵姐急匆匆地赶回来。

"不是让你陪老人吗？这有我呢，不放心？"建军说。

"不放心我还找你？我爸妈都安顿好了，我爸要来，我说你来还得有人照顾你，人生地不熟的，走丢了咋办？我爸这才没来。小东咋样？严重吗？"

"哮喘，明天过来查过敏原。医生开了些药，口服的，吸入的，够全活儿。你盯着小东，别忘了用药。"

"累坏了吧？咱们找地儿吃口饭。真谢谢你。"

“咱姐俩就别客气了，你们回吧，让小东歇歇。你们一家四口也团聚一下。”

建军把赵姐拉到一边，低声说：“你父母从老家过来，小东病了，你怎么也得让姐夫露一面吧。”

“在我心里，他早死了。我跟我爸妈说他出差了。”赵姐恨恨地说。

建军执意让赵姐和小东回家。他一个人走在华灯初上的城市里，感到有些后悔：“妈的，一个大合同啊。小东呀小东，你病的真不是时候。”

## 8

天气难得的好，太阳照在城东一个普通大杂院里，暖洋洋的。一个姑娘把花盆全搬到窗户外边的窗台上，沿着外墙根儿，铺着几幅水墨画，都是花草。那姑娘端着一杯水，不时地用手指朝画面掸水。

“真不错啊，有几分董其昌的味道。”建军说。

“咦，你眼光挺准呀。”那姑娘有些惊讶地看着建军。

“为啥要往上洒水？画又不是花。”建军问。

“刚夸完你，就露馅了。我要装裱一下，就得洒点水。”姑娘说完，水也洒完了，她后退几步，看着窗台上的花和墙根儿下的画。

建军装作欣赏的样子，凑过去，心思却在姑娘身上。

那姑娘穿着一件铁锈红高领套头毛衫，紧紧绷在身上，显得波涛汹涌。

“啥画啥花的，也没你漂亮啊。”建军心里说。

“我叫蔷薇，你呢？你在这院子里住多久了，碰见你一次不容易。”那姑娘笑盈盈地说。

建军心里说：“坏了，我恐怕一辈子也忘不了她的笑容了……”

“是不是还想着你赵姐呢？快点吃吧，过会儿坨了就不好吃了。”蔷薇端着一大碗面走进建军的屋子。

正躺在床上，陷入甜蜜回忆的建军坐起来，说：“太谢谢了。回来有人给做饭，人生如此夫复何求？”

“少来。你这一天，是忙乎赵姐呢，还是忙乎她弟弟？”

“不是和你说了吗，他弟弟哮喘犯了，我去医院帮忙。”建军呼噜呼噜吃了起来。“真香，你做啥我吃得都香。”

蔷薇靠着建军坐下，有些出神，喃喃地说：“哮喘，现在得这病的人怎么这么多？”

## 9

建军和蔷薇好上以后，建军叫她搬过来住，至少能省一半房费。蔷薇不肯。

“等咱们攒够了首付再说吧。”这是蔷薇的一贯态度。

蔷薇是个比较保守的女孩，受传统教育长大，即使建军使尽了浑身解数，蔷薇仍然固守着最后一道防线。建军哀叹要进行八年抗战。

“用不了八年，我相信咱们共同努力，攒够首付用不了那么长时间。”蔷薇很有信心。

不知为什么，一谈到房子，建军就想到赵姐的那套二室一厅。

“赵姐弟弟的哮喘严重吗？”蔷薇问。

“看样子不太好，说话都没劲说了。”建军回答说。

“这感觉我知道，严重时说话走路都不行。”蔷薇深有感触。

建军吃完了面，问：“你不是已经好了吗？”

“哮喘这病啊，书上说是一种变态反应性疾病，是慢性病，医生说就像高血压，是慢性病，哮喘也是一样，得坚持用药，不能说彻底治好，只能说有效控制。不过得到有效控制后，跟好人一样。”

“啊哈，原来我有个变态老婆。”

“滚蛋，谁是你老婆啊！再说这个变态就是说的过敏，哪是你想象中的变态？我看你才是有点心理变态呢！”蔷薇抓住建军的漏洞不放：

“老实交代，是不是我没搬过来住，你心里不舒服，真的有点变态啊？”

建军一把搂住蔷薇，说：“能吃上你亲手下的面我就心满意足了。再说，你跑不了，早晚是我的人，我着啥急？”

蔷薇叹气：“我爸妈辛苦把我养大，给我看病，到头来便宜了你这个小子。”

“我会好好待你的。”建军说。

“你不嫌弃我有哮喘吗？”蔷薇似乎有点担心。

“不会的，我还担心你看不上我呢。”建军说，“你那么漂亮。”

“这还差不多。”蔷薇对建军的回答很满意，她说：“要不我哪天也去看看赵姐的弟弟吧。赵姐对你挺照顾的，咱们也没机会谢她。”

建军装作没听出蔷薇说到“照顾”时加重的语气，说：“不用去，没准这几天我还得去医院帮忙，就算还赵姐的情了。你的哮喘没事了吧，我看从上次你有点喘之后，就没再发生什么意外。”

蔷薇说：“基本没事了。我一想起从前的病就发怵。”

建军说：“上回你简单给我说了你的病，现在没啥事，说说你以前的事吧。”

蔷薇说：“我不太想说以前的事。不过说说也行，让你对我的家有个了解。”

蔷薇接过来建军倒的茶，讲起了她的故事。

## 10

我十一岁就患上哮喘病了。和很多哮喘病人一样，刚开始时被误诊了，按感冒、支气管炎、肺炎治疗，无辜吃了各种止咳药，挨了各种消炎针。不对症，疗效当然不好，病情越来越严重。最后到了不可收拾的地步。

那时不分季节，平均一个月就发病一次，每次大约持续十天左右。也就是说，一个月我有三分之一的时间是在病痛中度过的。

我是家里老大，底下还有年幼的弟弟妹妹。双职工的父母要上班挣钱养活一大家，又要照顾弟弟妹妹。作为老大，我该帮着父母的，偏偏我又得了这么一个病。每次哮喘发作，我都痛恨自己的无能，为啥不能好利索。

印象最深的是六月的一次哮喘发作，大概在我十三岁那年。父母见势不好，立刻带着我去医院。我坚持走着去，好为家里省点车费。但走了一会儿我就不行了，呼吸困难，天旋地转。我靠着路边的一棵树，慢慢滑下来，瘫坐在地上。

父亲背起我。十三岁基本上算大人了，虽然我不胖，也有百十来斤，而父亲由于长期操劳，身体也不如从前了，伏在父亲的肩上，我十分内疚，但疾病让我丧失了表达歉意的机会，我气都喘不匀了，根本说不出话来。

那是我一生中最漫长的路。

烈日下，父亲背着我，母亲在身边跟着，不时地用病历本当作扇子，给满头大汗的父亲扇风。

多亏遇到好心人，一个蹬板车的大爷看见我们，问清原因后，让我躺在板车上，把我拉进了医院。我现在也不知道那位老大爷的姓名，也没看清他的长相，愿他安康！

到了医院，输氨茶碱，消炎药，吸氧。老一套治疗进程又开始了。

病情稍有好转，我不想让家里过多花钱，非得出院，父母拗不过我，只好同意。但他们坚持到医院给我灌氧气袋，晚上使用。有时父母忙不过来，刚满十岁的弟弟就替父母跑医院。

我记不清有多少回哮喘严重发作了。我不能躺下睡觉，只能倚着床头坐着，或者跪着。每次父母过来探看病情，我都说，感觉好多了，让他们赶快睡觉，明天还要起早给弟弟妹妹做饭，还要上班。

父母没有办法，我看见父亲叹着气，低头离开我的房间，母亲则偷偷哭了好几回。

为了减除病痛，我不知吃了好心人多少个偏方、多少中草药。为了省钱，自己能在公园、河边找到的草药，父亲就会自己利用业余时间去采集，远在东北的亲戚也会时不时地寄来一些，但这些都于事无补，中药汤没少灌，病情却不见减轻。

其中曾经有一段时间，前后大概有两年吧，在那两年时间里，我身体开始发育，到了青春期，哮喘有所缓解。

好景不长，有一年春节，来家里拜年的亲戚带来一盒果仁巧克力，这东西在那时可不常见，我们这样的普通家庭，根本买不起。客人走后，父母把巧克力分给我们姐弟三人，我只吃了一颗。我逼着父母也各吃了一颗，剩下的都给了弟弟妹妹。看着一家人其乐融融的情景，我心里的甜蜜，不知比嘴里的果仁巧克力还要多出多少倍。

但在我吃下巧克力不久，就犯病了，快乐的气氛一扫而光。直到几年后，我在一家很有名气的医院，挂了变态反应科专家门诊，经过一系列检查，才知道自己是过敏性哮喘。我对尘、螨、烟、草、花粉、果仁等十几种过敏。你看，我养的花草，都是不开花的。

“嘴馋的代价不小啊。”建军插话说。

“可是谁不馋啊，但带果仁的糖果我是不敢吃了。顶多吃一两回不放辣椒的烤翅，还碰上了你。你还不理人家。”

蔷薇接着说，参加工作后，我尽量避免与吸烟的人在一起。那时吸烟的人很多，和我一个办公室里的所有男同事都吸烟，而且那时也不像现在，公共场合与办公场合不允许吸烟，所以我很受影响。好在同事知道我的病以后，都有所收敛了。但他们烟瘾大，有时不知不觉地就吸上了，我抱着能躲就躲的态度，实在躲不过去了，就开口请求，同事都能理解我，跑到走廊里吸去了。

建军说：“你挂个牌子，上面写着，哮喘患者，吸烟者回避。”

蔷薇嗔道：“滚蛋！谁像你没心没肺的，说，你烟戒了吗？”

建军说：“还没。但我在你跟前抽过么？”

蔷薇说：“不光不能在我跟前抽，也不准在屋里抽，我说不定啥时候就搬过来住，你屋里有烟免谈。”

建军大喜："啥时候你搬过来？我从现在起就戒烟！"

蔷薇撇撇嘴，说："得了吧，你能少抽点我就知足了。你们抽烟人我知道，我爸在我最严重的时候，不敢在家里抽，大冬天的，跑到外面也得抽。"

蔷薇说："得了哮喘，就是麻烦。不能养猫、狗，不能去养宠物的人家串门，大街上遇到动物绕着走。我可喜欢小猫了。唉。"

"医生告诉我，家里被褥经常晒，打扫卫生时一定要戴上口罩，外面空气质量差时一定要关上门窗。这些都好办，养成习惯就好了，可是还要尽量避免去人多的地方，你说，城市里哪儿有人不多的时候？立秋季节不去草多的地方，省了旅游开销了。少吃过咸、过甜、刺激的食物，省了伙食开销了。随着天气的变化增减衣服，减少感冒的可能。内衣要穿纯棉的……"

"非得纯棉的？"建军问。

"当然，我穿的都是纯棉的。"蔷薇说。

"我不信，你让我看看。"建军涎着脸说。

"哥无恩滚。说说你就现出原形了。"蔷薇假装生气地说："我回自己屋了，明天还要上班。"

## 11

小东的过敏原查清了，可以做检查的大多数过敏原，他都过敏。鉴于他的过敏程度，医生建议做脱敏治疗。

"就差空气过敏了。"建军调侃说。

"你还真说对了，空气不好时，我弟弟也容易犯病。"赵姐说。

"以前为啥不彻底治治？"建军问。

"治了，当初当成感冒咳嗽，等到确诊为哮喘，已经很严重了。治了很多回，效果都不好。小东懂事，怕给家里增加负担，就不治了。他说哮喘死不了人。"

“小东咋得的这个病？他是不是打小就是过敏性体质？”

“那时候哪知道啥是过敏性体质啊，听都没听说过。小东小时候湿疹得过，很厉害，经常哭，一哭就一宿，全家都睡不好觉。我爸为此还在电线杆子、院墙上贴纸，说什么我家有个夜哭郎啥的。”

“天皇皇，地皇皇，我家有个夜哭郎，过路君子念一念，一觉睡到大天亮。”建军笑道。

“对，对，就是这个。我爸还挨居委会的批呢，说他搞封建迷信活动。”

“居委会批的没错，念一万遍也没用啊。”

“是啊。现在想起来，其实就是比较严重的过敏体质的表现，但是当时人们的医学常识普遍不高，根本认识不到过敏体质与哮喘有密切联系。”赵姐说，“大概在小东六七岁的时候吧，我记不清了，从咳嗽发展到慢性支气管炎并反复发作，最终确诊为支气管哮喘。不过我对他为啥得了这病倒是记得很清楚。当时唐山大地震波及华北，大家响应政府号召，住进了地震棚。对大人来说，这是迫不得已；对小东那么大的小孩子来说，却很新奇。我们住的地震棚，就是军用帐篷。小东和一帮男孩在帐篷之间钻来钻去，藏猫猫，抓人，一玩就一身汗。”

“我也住过地震棚，也是你说的那种军用帐篷。”建军说。

“我知道。你比小东大不了几岁，肯定经历过那些事。你没发现吗？你和小东有很多地方都挺像的。”

“……”

“别看你有时油腔滑调，一副不着调的样子，其实你心地很纯净。不像现在的人，不是勾心斗角就是一门心思想着挣钱，为了钱啥都不顾了。”赵姐深深看了建军一眼，说。

听见赵姐的话，建军慌忙说：“小东的哮喘和地震棚有啥关系？”

赵姐笑了，说：“看把你吓的，姐不会耽误你的，姐知道咱们之间没有结果。我看上次跟着你的那姑娘挺好，你好好待她。”

建军说：“她也有哮喘，不过现在没事了。”

赵姐惊讶道："她也有哮喘？这病不影响结婚生育吧？"

建军说："不影响。我查了很多资料，不管男的女的，只要得到有效控制，啥都不耽误。"

赵姐松了一口气，说："我还担心我家小东呢，都这么大了，还没处对象，我怕他这病治不好，将来再成不了家，那就麻烦了。"

建军安慰赵姐说："没事的，你放心。不都到这儿来治了么，这么多的专家、医生，肯定能治好的。听你的意思，小东的哮喘是因为住地震棚，里面空气不好造成的？"

"不是因为这个。住地震棚那阵子，正赶上炎热的夏季，为了驱除蚊虫，灭菌，避免引发传染病，大人们长期大量使用敌敌畏等杀虫剂。我还帮着喷洒过呢。加上帐篷集中在一起，人口密度大，帐篷本身通风效果并不好。这些都是引发小东呼吸道过敏的原因，但主要还是因为他对那些杀虫剂过敏。那些杀虫剂的味儿特别刺鼻，戴着口罩都受不了。"

"小东患病之初，我爸妈一点也不了解这种疾病的严重性，没有引起足够重视。有时还训斥他不够坚强，适应不了革命环境，有点小毛病就咳嗽起来没完。"

"你别看小东平时不爱吱声，老实巴交的，骨子里却非常要强，他跟我说，'姐，我要做个真正的男子汉，这点毛病算啥呀，我应该像藐视阶级敌人一样藐视它，它就会灰溜溜地溜走了。我一定能打败它！'"

"但疾病是不以人的意志为转移的，拖的时间长了，转变为慢性气管炎，最终转化为支气管哮喘。"

建军说："啥玩意儿都怕拖，都怕耽误，这一耽误事就大了。"

"可不是吗，等小东上了小学和中学，尤其是初中阶段，他的哮喘应当是十分严重的，已经影响到正常的生活。我爸妈终于意识到问题的严重性，但为时已晚，加之当时的医疗水平有限，我家的经济条件有限，治疗效果始终不好。"

"后来，我爸妈发现不能再耽搁下去了，开始带着弟弟穿梭于我们那地方的各类传说中能治疗哮喘的医院之间，甚至药店的坐诊医生也看过。家里的亲朋好友也开始知道他的身体情况，不时会介绍治疗的医院和医生。”

“什么脱敏、针灸、中医汤剂、敷贴、各种稀奇的偏方……都用过，但弟弟的病情却似乎日渐严重。”

“用没用过河边的芦根，经霜的甘蔗？”建军听见“各种稀奇的偏方”，忽然想起以前学过的课文。

赵姐白了他一眼，说：“还原配的蟋蟀呢！我哪里能记住那些古怪的偏方，但每次到药店给小东抓药，都是我去的。现在不管我在哪儿闻到中药味儿，马上就联想到给弟弟抓药那会儿。”

“我有很长一段少年时期的记忆，就是跟着爸爸或者妈妈，陪着弟弟坐车，换车，从一个医院，到另一个医院。有时候是我们一家四口，有时候就我和弟弟两人，我爸妈还得上班，不过这种情况很少。”

“我看着弟弟吃药打针，再吃药打针，中间夹杂着他哮喘发作时痛苦的表情，我替弟弟难过。”

赵姐陷入了对往日的回忆。

“我和弟弟念的是同一所中学，红星机床厂子弟中学，那是一所初高中在一起的学校，我高三了，小东才上初一。他小学和初中曾因病各休学一年，即使在上学期间也有两三年是免修体育课的。我那时就察觉到小东的人生可能会跟别人不一样。别的同学最多是感冒，最多打几针就好了，小东则成年累月地往医院跑，不比同学上学的次数少多少。”

“小东即使勉强上学，体育课时，他也只能慢步一小会儿，然后看着同学们跳高跳远，或者玩篮球。小东悄悄告诉我，老师和同学把他当作特殊人物对待。他们并没有歧视他，反而处处以他为先，替他考虑，但这让我弟弟很不好受。”

“我发现，小东慢慢变得沉默起来，不爱与人交流，有些话根本不和父母说，只和我这个姐姐说话多点。以前他可是个活泼开朗的男孩。”

“后来我上大学走了，小东勉强读完高中。要不是因为这个病，他一定会很有出息的，他上学时比我成绩好。唉，都是命啊。”

建军忍不住反驳说：“我命由我不由天。要是认怂了，只能怨自己不争气。啥事都得去挣一挣，不去争取，谁给啊。再说治病这个事，我觉得也得首先在精神上不能垮。你得给小东打气，让他拿出小时候上房揭瓦的劲头儿跟哮喘玩儿命。”

赵姐眼睛一亮，说：“建军，你和小东岁数差不多，有共同语言，这个事就交给你了。”

建军说：“我和他也不熟，你当姐的，多和他沟通沟通吧。”

赵姐说：“自从我上大学后，回家就少了。结婚后，不愿意让家里人知道我过多的事，省得他们担心，回家就更少了。和小东说话的机会也少多了。你女朋友要是不反对，我请你多跑几趟，鼓励鼓励小东。”

## 12

蔷薇能不反对吗？

“他一个大小伙子，还要你给精神支柱？我也是哮喘病人，你多陪陪我好吗？”

“亲爱的，你不已经好了吗。我也就是偶尔去看看。赵姐张口了，我还能当面拒绝？”

“我不管，反正我要你在身边时，你必须无条件回到我身边。”

“一定，一定。薇薇，你在哪儿家医院治好的？”

“燕大二院，就在平安大街上。要不你让他，他叫啥来着，小东，你让小东也去那儿看看。”

“再说吧，要是能在部队医院看好，就别折腾了。”

“他怎么想起来到这儿看病了？是不是在老家没法治？”

“他本来也不想来的，听赵姐那意思，对付一天是一天，没抱着治好的希望。前些日子，小东忽然哮喘严重发作，全身发紫，不省人事。被送到离家最近的医院，经过一整天的抢救，到了晚上才醒了过来。差点那边去了。”

“听赵姐这么一说，我也吓一跳，哮喘还会死人啊？”

蔷薇说：“那可不，哮喘严重不及时抢救的话，会引起心肺衰竭，到时就死翘翘了。”

“我正式警告你，你必须对我好，不准气我，否则我哮喘犯了，你要负全责。”

“薇薇，”建军试探着说，“你最严重时，到没到这种程度？”

“我还没有。不过以后你不顺着我，不对我好的话，那就说不定了。小东的过敏原查出来了吗？”

“查出来了，属于重度过敏，已经开始脱敏治疗了。”

“脱敏治疗时间可长了，要好几年呢。”

“嗯，脱敏治疗的同时，医生也开始给他对症下药了，用的是辅舒酮气雾剂进行吸入治疗，还有什么奥克斯。”

“奥克斯是空调，笨蛋。噢，可能是信必可都保吧？这种药效果挺好的，也是吸入式的，既有治疗作用，也有急救作用。”蔷薇说，“现在治疗哮喘都用吸入治疗法了，应该没啥问题了。”

听着蔷薇一副过来人的笃定口吻的话，建军笑了，说：“我看你也能当大夫去治哮喘了。”

“要治我也得先治治你的懒病。”

## 13

建军在医院遇到一个奇怪的人，那家伙穿着白大褂问着小东各种奇怪的问题。刚开始建军还以为他是医生，但听着听着觉得不像，那人总是问一些小东过去患病的事，从来不提现在怎么给他治病用药。小东话不多，总是问十句答一句，那人还挺有耐心，一直问个不停。

建军怕他是骗子，说：“小东他不善言谈，您有什么问题等他姐姐来再问吧。”

那人说：“哦，这样啊，抱歉，打扰了。”说罢他离开小东，走了。

这时赵姐来了，建军把这事说了：“八成是个骗子，白大褂上没有医院的工作证。”

“你加点小心，”赵姐对小东说，“现在的骗子多，你没告诉他你的身份证号码银行卡号码啥的吧？”

“没有。他也没问。”

“噢。”赵姐松了一口气，“不要和陌生人说话。”

听到这里，建军笑了：“加点小心对，但也不至于演电视剧。小东也不是小孩子。”

“他说他是记者。”小东忽然冒出一句。

“那你看他的记者证了吗？”赵姐问。

“没有。”

“哼。我就知道你不带看的。今天感觉咋样？药按时吃了吗？”

正说着，那个白大褂又转悠过来了。

白大褂笑呵呵地说：“你们好。您就是小东的姐姐吧？你们要是不忙，我想和你们聊聊。”

“请问你是医生吗？想和我们聊什么？”

“我是记者，在医院收集有关哮喘的病例和故事。”白大褂说，“这是我的记者证，我叫杨帆。”

杨帆和赵姐聊得挺好，建军在一边听着，感觉这个叫杨帆的记者思维敏捷，头脑清醒，对事物有着独特的见解。建军想：“记者就是不一样。和这样的人多待一会儿，能学到不少东西。”建军心里有了和杨帆交朋友的念头。

等他们聊完，赵姐走后，建军叫住了杨帆：“杨哥，我知道一个哮喘患者的故事，你想听不？”

## 14

果然如蔷薇所说的那样，小东的病情控制得很好，不久就和父母回老家山东去了，在家里接着治疗。

一个月后，赵姐离婚了，但与建军没有关系。按赵姐的话来说，这婚早晚得离。

建军那个大单终于签成了，另外一单也在他“软磨硬泡”（这是蔷薇的说法，而建军说这是他不懈努力的结果）下签订，由此，建军靠自己在公司站稳了脚跟。

他和蔷薇的感情也到了具体操作阶段，两个人发愁是咬牙付个首付，还是暂时租房子。因为意见不统一，吵过几次说大不大说小不小的嘴架。让建军无比烦恼的是，每次吵架，蔷薇总是搬出赵姐来说事，虽然她没有真凭实据，但心虚的建军没底气和她解释。事实上，在认识蔷薇之前，他就和赵姐恢复到正常同事关系了。

这天建军从房产中介出来，灰心丧气，因为房价又涨了。他后悔当初不听蔷薇的话，要不房子早买上了。更重要的，两人似乎有了隔阂，不像以前那样亲密了。建军边走边想，他知道问题出在哪儿。

建军父母听到儿子有了女朋友很高兴，建军还特意提到两人的关系程度，做父母的更高兴了，当即表态要把压箱底的钱拿出来支持儿子买房。

“有个小问题，”建军在电话里吞吞吐吐地说：“蔷薇她得过哮喘，但是早就好了。”

建军父母以前曾对他找对象的事说过他们的意见：“人品好，孝顺懂事，身体没毛病就行。至于工作、长相等其他方面，没有过高要求。”建军明白蔷薇的哮喘是纸里包不住火，父母早晚会知道，早知道比晚知道好点，省得他和蔷薇太被动。

“哮喘？那可不是小问题啊。这事你可得好好想想。”建军父亲说。

“哎哟，这不行啊！将来影响孩子可咋办？”建军母亲一听就急了，抢过电话说。

“不是跟你们说了吗，她早就治好了，没事了。我和她处了这么长时间都没事。你们放心好了。”

“不行！”建军母亲说，“这可不是儿戏，万一遗传给我孙子呢？”

“妈！八字还没有一撇呢，你就孙子孙子的。”

“总之我和你爸不同意！”建军母亲的态度很强硬，母子俩的通话不欢而散。

这天蔷薇很兴奋地和建军说：“我同事的妹妹是个售楼小姐，她向我推荐了一套房，她们公司正在搞内部销售，打九五折，地段、价格、房间格局都不错。你看看，要不咱们就定了吧，然后咱们就有房子结婚了。”

“多少钱一平？”

“我算算。”蔷薇兴致勃勃打开手机的计算器，一番计算后说，“两万出头，一套小两居不到八十平，首付咱俩都让家里支持点，加上咱俩的积蓄，我觉得差不多够了。”

“两万一平，八十平就是一百六十万。首付最低百分之三十，将近四十万。还有装修费用、结婚费用……”建军在心里快速算着，他俩的积蓄远远不够，那就得向父母张口，可父母的态度……

建军说：“蔷薇，我觉得太贵了，超出咱们能承受的范围了，咱们还是等等看，找找更便宜的房子吧。”

“还等等看？”蔷薇杏眼圆睁：“上次就是等等看，结果等到涨了好几千。再等我就变成黄脸婆了。”

“要不买个一居的？”

“一居不行，将来有了孩子咋住？”

孩子，一提孩子建军就想起母亲的话。建军特意咨询了哮喘专家，专家说只要哮喘得到有效控制，不会影响正常生育。可是，该怎么和母亲说呢？

蔷薇见建军不说话，有些生气了：“你到底啥意思啊？是不是占完我便宜，就不想和我结婚了？”

建军连忙说："你瞎想什么呀？我啥时候说不想和你结婚了？我巴不得今天就结婚！"

"那怎么这个房子不行，那个房子不行？我妈说了，买房她赞助一部分，结婚再赞助一部分，就当是我的嫁妆了。但没房免谈。"

"都是你妈逼的。"建军差一点脱出而出，话到嘴边改了，"现在的老丈母娘咋都这么狠呀，没房不嫁姑娘。"

"哼，没房住大马路呀？反正房我是买定了，你看着办吧。"

蔷薇下了最后通牒，搞得建军这几天愁眉不展。他想找人倾诉一下，让别人给出出主意，但他把认识的人在脑袋里转了一遍，发现自己在这儿打工多年，居然连个说心里话的朋友都没有。

建军独自一人漂了好多年，换了很多工作，与同事关系不错，但也仅限于同事关系。赵姐曾和他说过不少掏心窝的话，但此时和赵姐说这些显然不合时宜。建军想来想去，想到了记者杨帆。

建军把自己的苦水和杨帆倒完后，他说："杨哥，您见多识广，给我出出主意。"

杨帆说："你说的对，纸里包不住火。再说，这事瞒着蔷薇也是对她的不公平。你父母对哮喘有偏见，你可以静下心来好好做他们的工作，但父母的意见与他们是否在经济上给予支持不应当成为婚姻绊脚石。日子是过给自己的，不是过给父母的，更不是过给别人看的。"

杨帆说："听你的说法，蔷薇是个好姑娘，你可别辜负了她。我觉得她的工作好做，你专门找出时间好好跟她谈一下，我相信在房子问题上她会做出让步的。现在的问题主要在你父母身上，要不你利用节假日回一趟老家，带着父母去医院找哮喘大夫，让大夫和他们一说，他们也就明白了。"

"我最近整理了不少正常结婚生子的哮喘患者的案例，回头发给你，这也是说服你父母的办法。"

"我儿子就是哮喘患者，咱们能因为一点病就放弃亲人吗？不能！

况且这并不是不能治的病。你既然爱着蔷薇，就该为她付出一切。”

“对父母孝顺不等于牺牲自己的爱情婚姻。你的父母也不希望你和一个你不爱的人结婚，对吧？”

建军在胡同里走着，回味着杨帆的话。路过一棵大树时，他下了决心，决定向蔷薇坦承一切，表明自己的态度。想法刚一确定，他的脚步就变得轻快了。

这时建军忽然顿悟，院里有棵大树，并不是出于保护树木的原因，而是你拿这棵树没办法。也不是没办法，树是客观存在，既然存在，绕不过去，就得重视它，就像对待生活中的种种不如意，就像对待哮喘一样。如果你能有个正确的态度和处理方法，院里的大树也不失为一道特殊的风景。

# 差点背井离乡

## 1

张大力最近有些“幸福的烦恼”：他升级当上了爸爸。当他把消息告诉东北老家的父母时，电话那头传来母亲的命令：“好好养着我的大孙子，我收拾收拾就去看他。”

大力犹豫了一下，说：“妈，你能不能过些日子再来，等小敏出月子了，上班了你再来。要不你孩子大人一起伺候多累啊。”

“我愿意！咋地？你不愿意让你老妈来？”

“不是，怕你累。”

这时电话里隐约传来父亲的声音，尽管不大，大力还是听见了：“你这个老太婆，你现在去，小敏没出月子，家里就那么大地方，你去了不方便。还是腾些日子再说吧。”

老头子的话起了作用。母亲说：“那我们过些天再去看孙子。”

果然知子莫过父。大力就是担心一室一厅的房子，来个人太紧张了，他怕小敏坐不好月子。

当初定这套房时，小敏就不太同意，说将来有了孩子就不宽敞了。大力的意思是先过渡一下，等有了实力再换大的。其实大力不想让小敏娘家再出钱，结婚时的费用，老丈母娘就出了一大半，让农村出身的大力很没面子。

大力和小敏是大学同学，本来两人在学校时关系一般，也都有各自的男女朋友。待到一毕业，就自然劳燕分飞了。

大力毕业后找了几份工作，后来一个关系很铁的同学来信叫他北上，推荐他去一个外资企业。大力的工作在当地属于中等偏上水平，收入也是这样，他犹豫了很久，终于辞职北上，不料他的同学被调到上海分部，说话的分量就不足了，原来计划给大力安排的职务落空不说，居然一个小小的部门经理也费劲了，来的话只能从最基层的职员做起。大力当然心有不甘，但开弓没有回头箭，人已经来了，怎么办？大力的同学叫他稍安勿躁，告诉他等自己在上海站稳了脚再想办法把大力调到上海去。这当然是安慰人的话，大力不可能傻老婆等痴汉这么干等下去。以大力的文凭和工作水平，找份工作并不难，难的是没有熟人介绍，只能从最低点开始。思前想后大力还是在这家同学介绍的公司就职了。

## 2

“大力，你快过来看看，宝宝哭了。”卧室里的小敏叫道。

大力过去一看，宝宝在婴儿床里小手小脚不断来回动弹，哭闹不停，嗓子间或发出细微的吱吱声。

“是不是尿了？”大力俯下身，把宝宝的小屁股翻过来查看。“没有啊，也许是饿了吧，你喂喂他。”

小敏抱起孩子，有些抱怨地说：“我奶水不足，都是让你给气的。”

大力坐在床边，看着他们娘俩，一种从未有过的责任感忽然生出，他说：“我保证从今以后对你们娘俩一万个好。”

孩子吃到奶，不哭闹了。

小敏说：“谁稀罕你的好。给你妈打电话了？”

“嗯。妈想来看孙子，我让她过些日子再来。”

“这还不都怨你，当初我说买个大点的房子，至少二室一厅的，家里来个人也方便。你偏不，说什么先过渡一下。这倒好，越过渡房价越高，我看你过渡到啥时候。”

大力张嘴想反驳，一想到自己刚刚下决心对他娘俩好，话到嘴边就改了：“这不也够咱们一家三口住么，来客人就将就几天，他们也不能常住。晚饭你想吃啥？我去超市买几个猪蹄吧，听说那东西下奶。”

“我吃不下，太油腻。对了，你这个当爹的，赶紧给宝宝起名呀，该上户口了。”

大力在同学中结婚算晚的。以前他总取笑同学抱着字典、《辞海》为孩子取名，这回轮到他了。

“得取一个特别的，一听就和别人不一样的名字，还得有纪念意义。”大力在去超市的路上琢磨着。

大力在那家公司干了没多久，突然发现小敏也在这家公司。大力原以为小敏也是那个同学介绍过来的，一问才知道小敏是自己应聘就职的。两个人一见面，有了他乡遇故知的感觉，聊个没完。他们的大学在南方一个以麻辣和火锅著称的城市，小敏家就是那儿的。小敏毕业后，跑到国外混了几年，觉得还是国内好，加上她爸妈极力要她回国，于是小敏就回来了。但她毕竟在外面跑惯了，没过多久就跑到这里，找了这么一个工作。小敏本来没打算长久干下去，没想到遇见了大力。两个人在工作中也有交集，经常在八小时之外聊天、吃饭、闲逛，正式处了朋友，很快就正式谈婚论嫁了。

不过一提到婚事，俩人都发愁，一个家在东北，一个家在南方，具体怎么操办，因风俗不同两家进行了长时间的电话沟通，以至于现在孩子都有了，两家老人还没见过面。但无论如何，那段心有余悸的婚事总算对付过去了，小敏在其中受了不少委屈，也做了很多让步。大力想着这些，决定给孩子取一个和妈妈有关的名字。

大力想起小敏上学的时候还在看一个叫《麦兜的故事》的漫画书，她很喜欢这个卡通小猪，正好儿子也属猪，那就叫“麦兜”吧。

大力买菜回来和小敏一说，小敏想了想，说：“叫麦兜太明显了，不如叫麦麦。”

大力一听乐了:“头上插根草得了，还卖卖。”

小敏嗔道:“你有点正经，你说叫啥好？”

“叫兜兜吧，兜住钱、兜住幸福，把一切美好的事物替他爸爸妈妈兜住！”大力抱起孩子，大声说到。

怀里的兜兜好像听明白了似的，咧开小嘴乐了。

一天吃完晚饭不久，兜兜哭闹起来。

“是不是病了？”大力问小敏。

“不应该啊，”小敏说，“兜兜才两个月，体内还有我的免疫力呢，照理说，啥病都不该有。”小敏怀孕时读了一些育儿书，大力觉得她说的有道理，于是他们就没在意。

没过了几天，兜兜又无端哭闹起来。大力他俩仔细检查了兜兜的全身，发现他脖子后面起了一小片小疙瘩，红红的。

这下小敏紧张了，对大力说:“怎么看着像湿疹啊，你觉得呢？”

“唔……说不好。但肯定不正常，皮肤上起这东西肯定不正常。我看就是它让兜兜哭闹不停的。上医院吧，咱们不能在家瞎猜。”

他们没去市里大医院，太远了，孩子这么小，怕他禁不起折腾，去了就近的医院。

大夫一看，没错，就是湿疹。过了很久大力才知道湿疹本身就是一种过敏反应，当时还以为就是普通的皮肤病呢。

大夫开了他们医院自制的激素类药膏，用了一阵子，时好时坏。

小敏去电询问她父亲，大力的老丈人是个中医。老丈人认为兜兜先天体质不太好，开了一些剂量很小的草药，说是能增强免疫力。但怎么哄，兜兜也只是喝了一口后，就再也不肯喝了。

大力告诉父母，让他们最近别来了，等兜兜完全好利索了再来。母亲叮嘱了好半天，好大不情愿地撂了电话。

小敏出了月子就换了工作，因为公司规定职员若结婚，其中必须有一人离职。大力他俩工作表现突出，上面对此睁一只眼闭一只眼，可是小敏如今产假都休了，就不能一直瞒下去。小敏对新找的工作不很满意，但没办法，该给孩子攒学费了。好在新工作不是那么忙，小敏有精力照看孩子，而大力则像往常一样，经常加班加点。

兜兜到了半岁时，大力和小敏觉得该给他吃一些东西了，不能光母乳喂养，小敏奶水一直不充足，要不营养跟不上。

这天，正在加班的大力接到小敏的电话："你快回家，兜兜有些不对劲。"

大力叫小敏别着急，他立刻赶回家。

原来，小敏做了鸡蛋羹，她以为鸡蛋羹又有营养又容易消化吸收，可是兜兜好像不太愿意吃。小敏坚持喂了他小半碗，吃完不到半小时，兜兜开始揉眼睛，揉着揉着，打喷嚏、流鼻涕也接着来了。小敏抓住他的小手，发现他的眼睛有点发红，流了不少眼泪。

就在小敏莫名其妙之际，兜兜忽然大声哭起来。小敏慌忙给大力打了电话。

大力想："别是又起湿疹了吧。"仔细一检查，真是怕啥来啥。兜兜的脖颈、小胳膊又起了湿疹。慢慢地，脸蛋上也有了。

大力给他涂上了从医院开来的药膏。过了十多分钟，药膏起了作用，兜兜的哭闹不太大了。小敏把他放入摇篮车里，他俩轮流摇车，唱摇篮曲，兜兜渐渐睡着了。

"咋回事？不是好长时间不起湿疹了吗？"大力很迷惑。

"谁知道呢，所有的一切都和以前一样啊，怎么又起湿疹？"

两个人你一言我一语探讨原因。议论了半天，只能把罪过归到鸡蛋过敏上。

小敏很担心，说："要是连鸡蛋这么常见的食物都过敏，还指不定什么食物也过敏呢。"

大力安慰她："或许兜兜长大了，身体强壮了，对食物就不那么敏感了。"

“可是要是一直过敏呢？不行，得带兜兜去医院彻底检查一下。”

在小敏的坚持下，第二天，大力请假和小敏带着兜兜来到医院。

果然，验血时发现兜兜有轻度缺铁性贫血——不能吃鸡蛋的后果真的发生了。大夫建议他们试着给孩子吃点蛋黄，因为有些孩子只对蛋清过敏，而不是鸡蛋整体都过敏。

“值得试试，要不孩子怎么补充铁呢？”大夫说。

大力和小敏争持了好半天，终于达成一致，先给孩子吃一点蛋黄，再看情况如何。

真是一点，可能也就几克，小敏用汤匙的尖，挖了一点蛋黄喂兜兜。

她怕再次引发湿疹。兜兜吃完没有反应。

翌日，又增加了一些，情况良好。第三天又增加一些，逐日加大蛋黄量，都没事，他们这才知道兜兜仅对蛋清过敏。

也许兜兜天生就是敏感体质吧，后来发现他对牛奶居然也过敏。

兜兜半岁多点，给他喝娃哈哈，没等送到嘴边，兜兜小手一抓，抓住了娃哈哈，饮料顺着吸管喷射出来，溅到他的脸上。小敏马上用毛巾给他擦干净。结果还是引起了过敏，仅仅一两分钟后，兜兜小脸蛋上就起了一片小疙瘩。

“唉，鸡蛋牛奶都是最常见，老百姓最常吃，最有营养的食物，兜兜怎么都过敏呢？”小敏很苦恼。

兜兜也不能吃奶糖，尤其是像大白兔那样质量好，含奶量大的糖果，因为如果兜兜不小心，口水流到下巴上，吃的糖里面有奶，下巴就会起疙瘩。就连含有微量奶成分的儿童药品都不能碰。

一次孩子腹泻，医生给开了些药，其中有一种药叫“乳酸菌颗粒”，吃起来有奶粉的味道，兜兜吃这种药也过敏。大力他俩决定，一切和奶有关的东西都让兜兜敬而远之。

在大力和小敏的精心照料下，兜兜长得还很胖。虽然有时难免起点小疙瘩，哭闹几回，但问题不大。兜兜一岁半了，将近一米高，快三十斤了。后来上幼儿园了，他们特意查询过，兜兜属于同龄孩子中，健康指数较好的那一拨儿。



### 3

就在兜兜三岁半那年，大力两口子带着兜兜回奶奶家过年。

奶奶终于绷不住劲了，死活也要大力带着她大孙子回来。这两年来，奶奶左一个电话右一个电话，说要来看看兜兜。大力担心兜兜的湿疹和母亲的身体，找了好多借口没让老人家来。这次眼见着兜兜没啥事了，就决定别让奶奶跑远路，他们带兜兜回老家过年。

老家在东北，一个海拔较高、气候很冷的农村。这也是兜兜长这么大，大力头一次带他回去。算起来，这也是小敏第二次去婆婆家，第一次当然是回去办婚礼。用小敏的话来说："真是长了见识。"她感受到了原汁原味的东北风。

出发前，兜兜有点着凉感冒的迹象，咳嗽，流鼻涕。大力很担心，可是车票早就买好了，和他爷爷奶奶提前就打了招呼，如果不去，害怕他们多想，所以，尽管大力和小敏有些担心，还是按时出发了。

下了动车，改乘汽车。一路在大山里钻来钻去，美丽的北中国风景应接不暇，刚好赶上大雪初晴，他们看到了传说中的树挂。连小敏都有些陶醉了，声称退休了要在此地终老。

到了奶奶家，兜兜的兴奋劲儿还没过，他从来没到过山区，看什么都感到新鲜，和邻居家的小朋友很快就玩到了一起。他们在院子里玩了好半天，奶奶担心兜兜着凉，大力说没事："让兜兜在户外多活动活动，对他有益。"奶奶看兜兜玩得开心，也没再多说，回屋忙活去了。

东北那地方，室外温度低，室内烧火炕。过年了，烧得炕上都坐不住人，听说在东北，把被褥烧糊的事很常见，所以室内外温差很大。亲朋好友听说他们带孩子回家，都过来看望，进屋就是客，喝茶抽烟在所难免。人们还围着兜兜，七嘴八舌地夸小家伙长得可爱。片刻间，屋里便烟雾缭绕，兜兜的咳嗽声淹没在众人的说笑里。

大力和小敏忙着招待客人，和他们寒暄，唠家常，谁也没注意兜兜已经有了不良反应。等到一帮人吃饱喝足散席后，才发觉孩子表现很不舒服，但大家都忙了一天，累得要命，大力也喝了不少酒，迷迷糊糊地跟小敏说："吃点感冒药就行。"

大力后来真是肠子都悔青了。他要提醒所有的爸爸妈妈们，孩子要是呼吸道敏感，当周围有人吸烟时一定要劝阻他们别吸了，或是带着孩子远离吸烟人群。其实无论孩子敏不敏感，都应当注意。

第二天一早，大家都起床了，兜兜却没醒。大力以为孩子玩累了，就让他多睡一会儿，哪知过了十点，兜兜居然没有醒来的意思。小敏过去一看，兜兜脸蛋通红，双眼紧闭，呼吸急促。她伸手一摸额头："哎呀，烫手！"

一句话吓坏了众人。大家七手八脚包裹好兜兜，找来一台车即刻去了当地的县医院，一量体温高烧 39℃。值班大夫诊为肺炎，兜兜需要住院治疗。

入院后开始打点滴，输的是头孢、喜炎平注射液、氨茶碱等药。

奶奶听闻兜兜的病和他爷爷一帮人抽烟有关，当时就翻了脸，在医院里就给老头一顿臭骂："你个老不死的，下次滚沟里去抽！"

可怜大力的父亲，快八十岁的人了，只得垂头听着，不敢反驳半句。数叨完老伴又开始数叨儿子："你知道兜兜对啥东西过敏，为啥不早说？"

大力也只得垂头听着。这时，小敏也加入声讨的大军。

好不容易回一趟老家过年，大力是在医院，在老婆、老母的数叨和自己的内疚里度过的。同时他也觉得委屈："我自己不抽烟，哪儿知道兜兜对香烟也这么敏感啊？"

就这样，接连输了五天液，孩子有些好转，在医生准许下就出院了。

接下来是否返程成了大家争论的问题。

大力和小敏主张回去，理由是这里太冷，医疗条件不好，去趟县医院都很费劲。兜兜的奶奶爷爷心疼孙子，怕路上有个三长两短，没处儿看病，想让孩子留下等病彻底好了再动身。最后大力他俩拗不过爷爷奶奶，兜兜也不愿意回去，他还没玩够呢，于是又待了一周，吃了一周的药，兜兜基本算好了，一家人才返程。

## 4

回家初期，兜兜身体尚好，每天按时上下幼儿园，小敏负责接送。

一天晚上，小敏把正在看球赛的大力喊到卧室，说兜兜睡觉的姿势比较怪异。大力一看，小家伙屁股翘得老高，脸朝下趴着睡觉。平常他都是仰着脑袋，两个小胳膊举到头顶，平躺着睡觉的。

大力说："白天我哄他时，发现他没啥精神，不像平时那样爱笑。好像没精打采的，偶尔轻声咳嗽几次，你说，不会有啥事吧？"

"能有啥事？你就不会说点好听的？"小敏不满丈夫的乌鸦嘴，说："是不是吃什么东西不对劲儿了？"

大力说："吃东西不对劲儿，胃或肚子会难受，不该咳嗽呀？不会又着凉了吧？"

"我看不会。也许过几天就没事了。"

"要不看看医生？妇幼医生有经验。"

"对了，你一说提醒我了，我听说把普通婴儿奶粉换成深度水解蛋白的，腹泻也许会有所好转。"

第二天他们又把兜兜的奶粉给换了。但是过了很久，大力和小敏才知道兜兜腹泻并不重要，咳嗽才是要命的。

或许正是他们的这一忽略，使兜兜未能及时得到正确诊断和治疗，未能将哮喘扼杀在萌芽当中，才造成后来的一系列严重哮喘发作。他们也是后来才明白，小婴儿咳嗽的确跟大孩儿和大人不同，小婴儿的咳嗽，就是那样轻轻地、不动声色的。

另外，兜兜一改常态，睡觉姿势的变化也是一个明显的信号，这是在告诉爸爸妈妈，他不舒服了。但大力和小敏都给忽略了。大力后来经常告诉年轻的爸爸妈妈，宝贝，特别是还不会说话的宝贝，他的一举一动父母都应当格外注意，尤其是他改变习惯的举动，更要重视。

第二天，小敏想来想去还是不放心，从家里的小药箱里找出一些适合婴儿的止咳糖浆给兜兜服用下去。当天晚上兜兜咳嗽减轻了。没想到翌日清晨又开始剧烈咳嗽，并且出现了明显的哮鸣音。

小敏急忙给大力打电话，大力电话显示关机。“天天开会，你们领导有开会瘾啊？”小敏恨恨地嘀咕，又给她父亲打电话。电话里父亲叫她别着急，先把兜兜的一切症状详细告诉他。

听了兜兜的情况后，老人家认为兜兜是不小心着凉引起咳嗽，也许兜兜本身肺气就不足，他给兜兜开了一副中药方子并叮嘱了一些注意事项。小敏按方抓药，连着给兜兜吃了两副汤药。

以前，小敏姐姐家的孩子偶尔有个头疼脑热，也是她姥爷给开方子，一副汤药下去，基本上就好了。那孩子长这么大，一直是她姥爷给看病，看病也是极少的几回，几乎没打过针，更别提去医院了。

小敏原以为兜兜也会像姐姐家孩子那样，吃下几副中药就能好了。

兜兜很反感苦涩的中药汤，小敏和大力只好连哄带骗，半暴力地给他灌下去。兜兜不情愿地喝了几天中药，效果出来了，他吐出很多浓痰。又过了几天，浓痰减少，最后不见了，他不咳也不喘了，又活蹦乱跳了。

小敏把兜兜的情况告诉孩子的姥爷，他听了觉得应该停药了，又叮嘱了几句停药后在饮食上的注意事项。

喝中药的那段时间，每天晚上，兜兜偶尔会轻轻咳嗽几声，小敏没在意。病来如山倒，病去如抽丝，也许过几天就彻底好了。

半个月后，兜兜再一次咳嗽、喘。这次吃了四副中药才好。兜兜的姥爷说，秋天在五行中属金，在五脏中属肺，是肺病高发季节，同时也是养肺气的最佳时节。他说兜兜有些肺气先天不足，但兜兜太小了，无法在饮食上滋养肺气，只能等大一点再说。



这些日子空气更差了，雾霾一波接一波。兜兜又开始咳嗽、喘。小敏发现，一到雾霾天兜兜咳喘就比其他时候更为严重。吃了一副中药后，效果不明显。

可能每个人都或多或少地有一些侥幸心理，小敏总以为兜兜曾经患过几次病，对蛋黄和牛奶过敏，属于体质不太好的那种孩子，等他慢慢长大了，这一切就会自然消失。她和大力因为孩子身体不好，请假比同事们多出好几倍，所以不到万不得已，他们都不好意思再请假了。

一个月后的一天，兜兜忽然有些咳嗽。刚开始咳嗽不严重，小敏给他喝了点水，可是后来竟剧烈起来，小脸蛋咳白了，小嘴唇的颜色也不正常，变成紫色了。

小敏要带兜兜去医院，被大力阻止了。大力说："刚开春，天气凉，咳嗽几声不算事。兜兜太小了，这么小的孩子能不上医院就不上。医院啥病人都有，万一给传染上别的病就麻烦了。"

小敏想想，觉得大力的话也有道理，觉得观察一段时间再说。

当晚十点左右，兜兜又有了一阵猛烈的咳嗽。小敏胡乱给兜兜披上大衣，和大力抱着兜兜去了附近的医院。

事后大力和小敏分析，兜兜的病恐怕与天气寒冷、身体着凉有关。等到很久之后在第一儿童医院挂上程教授的号，程教授告诉他们，冷空气对幼儿呼吸道有强烈刺激作用，应当避免幼儿直接呼吸冷空气。

没等到医院，兜兜再次出现呼吸困难，兜兜第二次住院。这期间，各类咳嗽药都尝试喂过，但情况不见好转。这次住院又诊断为肺炎导致心衰。

小敏听见"心衰"两个字，眼泪马上就下来了。大力在旁边也是干着急使不出劲来。

大夫用药和上回一样，只是每次多加两支西地兰。输液后兜兜昏沉沉地睡着了。

小敏看着病床上的兜兜，想起兜兜出生时的情景。

兜兜是个大胖小子，八斤多，哭声洪亮有力，他猛哭了一阵子，似乎觉得自己宣告完了来到世界上的宣言后就安静地扫了一眼整个产房，最后把目光定格在小敏身上。

兜兜出生后长得也快，三个月过去就长到了十多斤，平均每天四十克的生长速度，是个健康而精力十足的男孩。他每天乐呵呵地，见人就笑，很少哭。兜兜这么可爱，谁见到谁都想抱过来亲几口。

“可是现在……”小敏鼻子一酸，眼泪又不听话地掉下来。

这次住院，兜兜输了七八天的液才出院。

从此“我们有事干了”。平均下来兜兜每月甚至不到一个月就住院治疗一次。

兜兜从 2011 年 1 月 29 日到 2012 年年初，几乎一个月就住院治疗一次，每次都在一周以上，且都诊断为肺炎，还有三四次比较严重，出现了“心衰”。每次治疗后，兜兜的咳嗽减轻了，但时间不长又开始剧烈咳嗽，并且有了明显的哮鸣音。医生怀疑兜兜有哮喘的可能。

为了有时间和精力照顾兜兜，大力主动从销售部门申请调到了企划部，这样加班加点和出差就少多了。

这天杨帆起早去参加一个重大工程的新闻发布会，这个工程涉及很多跨行业企业，报社领导很重视。

初春时节的清晨，雾蒙蒙一片。

“又是一个雾霾天。”

“可不是吗，气象台都发布黄色警告了。”

“车太多了。”

“不是车多的事，听说……”

会议休息时间，大家七嘴八舌议论起天气来。

杨帆对此没有兴趣，抽空给飞飞的老师打了个电话。老师叫他放心，空气质量不好时，她不会让飞飞进行户外活动。其实这些早就和飞飞的老师沟通好了，但杨帆有点不放心。

“您对孩子真关心啊。这种天，孩子少在室外待着好。”一个年轻男子对挂掉电话的杨帆说。

杨帆说：“是啊，我儿子气管不好，不得不加小心。”

“怎么，您的孩子对雾霾过敏？”

“那倒不是，但他有哮喘，以防万一。”

“啊，您的孩子也有哮喘？”这个年轻男子正是张大力。大力他们公司参与这项预算过亿的工程，主要供应其中一个环节的设备，大力是公司的代表之一，来参加这个新闻发布会。

大力和杨帆很快找到了共同语言——孩子的病。

杨帆听完兜兜的情况，沉吟了一番，说：“我家飞飞和我一样，有过敏性鼻炎，瞧我这遗传基因，所以容易得哮喘。兜兜只是有湿疹，是不是哮喘，必须去专科大夫那儿看看。对了，我问句也许不该问的话。”

“没事，您尽管说。”

“除了湿疹，兜兜还有过其他什么病么？过敏类的，或者传染类的。”

“过敏类或传染类的？”大力迟疑地说，“没有啊。”

“不管有没有，尽快去专门诊室看看吧。据我所知，很多哮喘患儿一开始都当肺炎、支气管炎治疗。治疗没啥效果，你想啊，不对症，能有效果吗？我看兜兜的情况和这有点儿类似。”

“您说得对，应该去看看，是就赶紧治，不是也放心了。您家孩子在哪个医院看的？”

“第一儿童医院啊，找程教授，幼儿哮喘专家。你最好找一个人少的时候去，医院啥患者都有，孩子本来身体就不好，别再传染上其他的病。记着给孩子戴上口罩。”

“是呀，现在的空气质量太差，总是有雾霾，健康人都戴口罩了。

真是太谢谢您了，给我提供了这么多有用的信息。”

“别客气，这是我的名片，回头等你有时间了咱们再好好聊聊，我正在收集哮喘方面的资料。”

“好好。”

大力回家先看看兜兜，这几天兜兜身体状况不错。吃饭时，大力把白天认识杨帆的经过和小敏说了。小敏一听，啪地一撂筷子，把大力吓了一跳。

小敏说：“有件事我没有告诉你，兜兜得过轻微的手足口病。”

“什么？我咋不知道？啥时候的事？”大力的眼珠子立刻瞪圆了。

“兜兜半岁大的时候，正赶上你出长差，好像是你们公司在外地筹建一个分公司，你去了大半年。”小敏叹了口气，接着说，“我怕影响你工作，更怕你担心，就瞒着你带兜兜去了医院，很快就治好了。”

“哦。”大力刚升起来的气又慢慢没了，他问，“咋得上这种传染病的？”

“医生说了，手足口病这几年很多，特别是抵抗能力低下的儿童更容易得。是在幼儿园传染上的，因为这件事，幼儿园还闭园整顿了一个月呢。我不太明白，这个病和哮喘有什么关系？而且我把咱家里里外外都消了好几遍毒。”

小敏看着兜兜瘪下去的小脸蛋，满面愁云：“总这样下去不是事啊。”杨记者的话让小敏意识到，孩子的这种咳喘，绝不是普通的感冒咳嗽，非常可能是小儿哮喘。

小敏把想法告诉了大力，大力说：“我也是这个想法，怕你担心，不敢明说。咱们既然想到一块儿去了，明天立马上专门的医院，找专业的儿童呼吸科医生看个明白！”

翌日，他们去了附近一家大医院，找了一位很有名的呼吸科专家古戴月教授。古教授耐心地听他们讲了孩子的整个身体状况和病情发展的过程，并仔细给兜兜做了检查。

全血分析发现，兜兜的C反应蛋白增高，肺部有炎症，并伴有喘息音。古教授诊断为喘息性肺炎，给出了“阿奇霉素干混悬剂、盐酸氨溴索口服液和小儿清肺口服液，并加入一日两次雾化吸入硫酸沙丁胺醇溶液、布地奈德混悬液”的治疗方案。

这一诊断和治疗方法非常有效，两日后，兜兜的病情得到明显控制。

复诊时，大力和小敏对古教授表示了由衷的感谢。

古教授给他们提出了在这之后看来非常非常正确的建议:“孩子很可能是哮喘，我这里虽说也能治疗哮喘，但咱们国家治疗儿童哮喘的权威在第一儿童医院。你们还是去找那儿的儿童哮喘专家程教授看看吧！”

其实在古教授的精心治疗下，兜兜的病情已得到很大改善，但是古教授的一番话让小两口又担心起来。这期间，东北的爸妈、四川的爸妈电话不断，询问兜兜的身体情况，大力和小敏只能报喜不报忧，不想让老人们担惊受怕。

如果不是兜兜再一次咳喘严重，几乎无法吃东西，他们不会舍近求远去找程教授的。

和古教授一样，程教授详细询问了有关兜兜病情的一切信息。听到“兜兜的爷爷有过敏性鼻炎，兜兜曾患湿疹、手足口病，第一次喘息前两天添加鸡蛋，三个月喘息四次”后，她立刻建议给孩子做一个过敏原检测以及婴儿潮气呼吸肺功能检测。

“患儿有过敏史，对蛋清过敏，喘息历史较长，种种迹象表明，孩子患有哮喘的可能性很大。”检查结果没出来之前，面对急切想知道结果的大力和小敏，程教授如此说道。

“不过你别担心，在我们这儿，比兜兜还小的病人都治好了。我给兜兜做了人工检查，兜兜的身体状况还不错。”

“过敏性鼻炎和哮喘有关系吗？还有，兜兜曾经得过手足口病，哮喘和这也有关系吗？”小敏问。

“一般来说，父母有过敏性鼻炎或直系亲属有过敏性鼻炎，并不代表患儿本人就一定有过敏性鼻炎，但这种过敏性体质遗传给患儿的比例相当高。兜兜看情况是属于隔代遗传，也是敏感体质。”程教授进一步解释说：“大量病例显示，哮喘患儿同时患有过敏性鼻炎或湿疹的很多，这是我们首先要了解的情况。手足口病是传染病，与哮喘没有直接关系，但这说明了兜兜免疫力低下，容易受到病菌的侵害，比如容易着凉感冒或者得手足口病这种传染类疾病，而这些病会引起哮喘。”

果然不出程教授意料，兜兜已有轻度阻塞性通气功能异常，的确患有哮喘。

程教授给出了可必特和普米克令舒雾化两种吸入药物，每天两次，用两天，口服氯雷他定糖浆、丙卡特罗片、阿奇霉素干混悬剂五天的治疗方案。同时开了用于在家时急性发作使用的万托林气雾剂、辅舒酮预防喷雾用药，以及用于长期预防的顺尔宁口服用药。

小敏看着大力从药房开回来的药，惊呆了，满满一塑料袋。“这么点的小人儿，用这么多的药，受得了吗？”

大力说：“程教授是全国数一数二的哮喘专家。不听程教授的难道还听你的？”

小敏顾不上反驳丈夫的话，也没心情和他斗嘴，又跑回程教授的诊室询问。程教授再次告诉小敏每种药具体治疗什么，服用或使用时的注意事项，特别叮嘱说，一定不要间断，否则治疗效果会大打折扣，一旦间断，甚至会使前面的治疗前功尽弃。

常言道，人生到处都是挑战。大力一家三口从此开始面对雾化器和储雾罐用药的挑战。

年底，兜兜咳喘反复发作，冬天真是哮喘病人的地狱啊。就算是兜兜病情稳定时，他的情绪也很低落。

非到万不得已，比如带孩子去医院复诊，大力绝不带他外出。再就是孩子吃药太费劲，兜兜才多大点啊，他非常反感吃药，更拒绝雾化治疗和使用储雾泵。

时间一长，兜兜就形成了条件反射，他一听到雾化器嗡嗡嗡的声音就大哭大喊，用手使劲儿想把雾化面罩推开。每次给兜兜成功使用一会儿雾化器都会累得大力和小敏一身臭汗。

看到兜兜这么讨厌雾化器，大力想出一个办法，在他睡觉时，悄悄使用。哪知即使兜兜睡着了，雾化器一开，他也立刻醒过来。在用储雾罐给予万托林和辅舒酮治疗时，也是这样，睡着了喷一下也能醒过来哭。

那阵子，单是兜兜使用雾化的问题就愁死大力和小敏了。

亲友们看到孩子这样拒绝雾化用药，都说:“兜兜这么不喜欢，激素类药物能够少用就少用吧，就算了吧。”大力和小敏也意志不坚定，一直犹犹豫豫。

夫妻俩顾虑重重，只有偶尔在兜兜特别疲惫，睡得非常沉的时候，才用储雾罐给予万托林和辅舒酮治疗。兜兜的雾化和泵吸用药情况一直不好。

兜兜也不喜欢口服药，所幸的是，他们把口服药物拌在食物里，在兜兜毫不知情的时候喂了下去。

不能坚持医嘱用药的严重后果很快出现了。第一次找程教授看病之后一个月，兜兜哮喘急性发作数次。

最厉害的一次，兜兜突然发热，体温达 39.2℃，咳喘加重，可把大力两口子吓坏了，第一时间赶到医院。经检查，全血检测 C 反应蛋白增加，哮喘伴随肺炎。医院马上给兜兜做了可必特和普米克令舒的雾化治疗。

经过医院治疗，兜兜的咳喘平复多了，不多时就睡着了。小敏问大力:“会不会是没有按时用药造成的？”

“不会这么严重吧？”大力迟疑地回答，其实他也正在考虑这个问题，他心里实在没底。

见到程教授时，两人忐忑不安。果然，程教授第一句话就问是不是没有定时定量给孩子用药，大力心虚地说是。程教授叹口气说：“你们这些家长啊，我都不知道说什么好了。千叮咛万嘱咐，必须及时按量用药，你们就是听不进去。”

大力连忙答应说：“下次不敢了。”

程教授严厉地对大力说：“你重复一遍。”

大力说：“下次不敢了。”

程教授说：“不是这个，是及时按量用药。”

哄地一声，在场的人都笑了。

程教授也笑了，说：“你别紧张。虽然孩子现在看病情不好，但回去以后谨遵医嘱，给孩子用药，我给你保证，一定会好。”

大力红着脸连声道谢。

最初在程教授那儿治疗时，程教授说：“辅舒酮为首选维持治疗药物，同时可以服用顺尔宁一段时间。”遗憾的是，因为兜兜一直都不接受储雾罐的喷雾给药方式，大力未能遵照医嘱不间断地给予辅舒酮用药。兜兜倒是非常喜欢吃顺尔宁，从刚开始时的半颗剂量到如今的一整颗，就跟吃糖一样，每天都高高兴兴地吃了下去。

为了让孩子的喘息尽快舒缓下来，大力买了一个与医院的一样的雾化器。怎么让兜兜接受雾化治疗呢？大力发动全家人想办法，并通过各种实验，验证大家想出来的办法，最后发现用游戏的法子很管用。比如做“吸雾游戏”。给兜兜吸雾之前，当着他的面，轮流给大力、小敏做一遍吸雾，让他觉得每个人做这种活动是理所当然的，大力甚至给他的玩具熊、布娃娃等玩偶都做一遍。大力一边给玩具熊做，一边讲故事：“小熊维尼今天有点不舒服，他觉得嗓子痒，想咳嗽。熊爸爸说，咱们呼吸点新鲜空气吧，然后去森林里玩。”大力一手抓着玩具熊，一手拿着雾化器在兜兜面前比划着。

大力白话了一通，说："现在该咱们兜兜呼吸点新鲜空气了，吸完了，咱们也去玩。"就这样，兜兜比较容易接受。

还有就是在兜兜看动画片的时候。兜兜看电视注意力很集中，也容易忽略雾化。要是该雾化时电视没有动画片，他们就上网找。大力在网上下了很多动画片存在电脑里。慢慢地，兜兜适应了雾化。后来不用他们太费劲地哄，都会很乖地接受雾化治疗。

到了12月20日，他们终于能够严格按照程教授的用药指导给药。小敏发现，可必特和普米克令舒的雾化吸入对这种哮喘的急性发作非常有效，几乎能达到立即止喘的效果。

按时按量严格用药八天后就得到可喜回报。

12月28日，大力和小敏带着兜兜到医院复诊。程教授在兜兜的病历本上写下了这样一句话："双肺呼吸音清晰，无哮鸣音。"大力小敏看了，如释重负。

**5**

在兜兜的治疗过程中，大力始终在思考一个重要问题，那就是引发兜兜哮喘的根本原因在哪儿？兜兜究竟对什么过敏？

兜兜经过彻底全面的过敏原检测结果显示：过敏原总IgE56.30KU/L，处于正常范围。对小麦、虾、户尘螨、粉尘螨、屋尘、猫狗发皮屑、霉菌等孩子可能接触到的过敏原，都逐一做了分项检测，检测结果为"IgE为0"，即孩子对上述过敏原均不过敏。他对牛奶和蛋清过敏比较严重，但是大力他们严格监控，兜兜根本接触不到这些食品。那么，兜兜的哮喘究竟是怎样引起的呢？

一位变态反应科的老专家曾告诉大力："过敏原检测不能涵盖生活中接触到的所有过敏原，而未成年的儿童，特别是年纪很小的孩子，他们的体质处在相对剧烈的波动状态，有些过敏原检测结果不一定完全确切。”

听了老专家的一席话，大力觉得这事难办了，过敏原检测不能涵盖生活中接触到的所有过敏原，难道要生活在真空里才行？

“有啥难办的？”小敏听了以后说：“在咱们能力范围内，坚决杜绝一切可能引起兜兜过敏的东西。咱们管不了外面，还管不了自己的家吗？”

大力看看小敏坚定的眼神，说：“还是当妈的狠。”

“少废话，干活！”

在小敏的指挥下，两口子大搞家庭爱国卫生运动，挑了一个天气好的双休日，把兜兜放在一个特别干净的朋友那儿临时住两天，然后翻箱倒柜，把所有的被褥晾晒，接着洗衣服。

“仔细擦洗一遍家具，鞋柜也不能落下。”在卫生间里忙活的小敏对在客厅里忙活的大力叮嘱道。

整个房间，时不常地用来苏水喷洒地面和墙壁，弄得整个楼道都有了医院的味道。邻居们误以为谁家有人得了传染类的病，吓得不少人家也开始消毒。“这也算带领大家彻底搞了一次集体卫生。”大力知道后，这样自嘲地说。

在饮食方面，尤其是副食，每一样都先严格按照过敏原排除方法少量添加，看是否有腹泻或口周出疹子等状况。最后，他们发现，兜兜竟然对醋过敏。

小敏对此很惊讶：“我的老天爷，兜兜怎么还对醋过敏？”

“这下好了，咱们兜兜长大后不会轻易吃醋了。”大力说。

“你还有心说笑话？”小敏不满大力的态度。

大力说：“做人最重要的是要开心，不管兜兜的病将来啥样，我觉得咱们首先要有个好心态，这样能影响兜兜，让他也有个好心态、好性格。咱们要以革命乐观主义对待一切，哮喘是个纸老虎，你熊它就恶，你恶它就熊。”

“得，说话还一套一套的，我说不过你。可你别光说不练假把式啊，你这个当爹的，要起模范带头作用。兜兜不能吃的东西，咱们做家长的也不能碰，省得兜兜馋得慌。”

“必须的。”

大力还真不含糊，他认真做好兜兜的哮喘记录。他总结了孩子哮喘发作时的天气情况、运动状况、穿衣睡眠等状况，他们发现，兜兜在晚上睡觉时踢了被子受了寒，第二日则会咳嗽，如果控制不好，第三天就会喘。另外，如果出现雾霾天气，兜兜也会咳喘。

大力和小敏认为他们终于找到兜兜哮喘的诱因了。找对病因，是预防疾病的最关键因素。避免孩子食用或接触含醋酸类的物质，随时增减衣被防止孩子受凉，雾霾天气尽量待在有空气净化器的室内等等一系列措施应用之后，终于，从 2012 年春季开始，兜兜的哮喘发作次数逐渐减少。

正巧兜兜的哮喘急性发作期刚过就快到春节了，这时是各个单位最忙的阶段，大力心里感谢自己的儿子没有在这个关键时候给他和小敏添麻烦，因为这大半年他们请了不少假，年底再请假就显得有些过分了。

眼看着新年一天比一天近了，东北的爷爷奶奶、四川的姥爷姥姥都盼望兜兜能去自己那儿过年，大力两口子因为这个没少拌嘴。

“按理说，轮也轮到回我爸妈家过一次年了。”

“可是四川要比东北离咱这儿远得多，两千公里呢，万一路上兜兜有事怎么办？”大力反驳说。

“凡事预则立不预则废，咱们准备充分就不怕。别说四川了，月球都能去！”小敏不让步。

大力被小敏的话逗乐了。其实他比小敏还想回四川，他无比怀念那儿的美食，何况，兜兜这么大了还没回过一次他姥姥家呢。

于是他们备足了药品。车的后备厢里是大药箱，大药箱里装着治疗咳嗽、腹泻、哮喘的各种常用药，雾化器当然也随身携带了。为预防兜兜途中再次发病，出发前的日子里，大力每天坚持给他服用顺尔宁。

大力一家启程那天，正好赶上大雾弥漫，兜兜已经有了哮喘要发作的迹象，早晨起床咳了几声。小敏开始担心，犹豫着要不要回四川。这时大力反倒坚决，他说："现在空气质量太差了，也许离开，换个环境兜兜就会好了，不再咳嗽了。"

兜兜窝在儿童座椅里，小敏发现他不怎么咳嗽了，但没啥精神。没用多长时间，大力的车开出了城区，驶进高速路，转眼到了河北，兜兜的精神状态略微好转，不像刚开始那样萎靡不振。

驶进山西的时候，他突然一改早晨的萎靡状态，活跃了起来，和小敏有说有笑。小敏发现天空晴朗，蓝蓝的，冬日的天空有一种高远、透澈的况味。

"山西的空气可比咱那儿强百倍。"大力说。

"快打开车窗，透透气。好久没看到这样好的天了。"小敏对大力喊。

大力把车窗稍微开了一条缝，清冽而新鲜的空气进入车厢，沁人肺腑，全家人精神一振。

中途在休息站歇脚时，大力仔细观察了兜兜的情况，兜兜一点也不咳嗽了，在休息大厅里跑来跑去，害得小敏直叫他慢点跑。

路上有很多家庭用轿车往他们离开的方向驶去，大力自言自语说："拜拜了您呐。我们可算能离开'雾都'一阵子了。"

小敏问大力说的是啥，大力说："如果有可能，咱们是不是该考虑搬家的问题？"

"搬家？搬什么家？"小敏没反应过来。

"我也就随口一说。走了，儿子，咱们还有老远的路要赶呢。"大力敷衍一句，抱起了兜兜。

感谢老天。一路上毫无状况，兜兜的状态反而一天比一天好。

经过长途跋涉，一家人顺利到达四川。

四川真不愧是天府之国，山清水秀，对兜兜来说，除了食物偏辣之外，挑不出其他毛病。他们很少在外面吃，更从不带兜兜到外面的饭店，都是在家里吃，姥姥心疼兜兜，可着他的口味做饭。

春节七天假不知不觉进入尾声，兜兜不愿意回去，姥爷姥姥也舍不得孩子，嚷嚷让兜兜在这儿多待些日子。大力和小敏一商量，照这些日子兜兜的状况看，觉得兜兜再待些天应该没啥问题，于是就同意了，还手把手教会了姥爷怎样使用气雾剂。

就这样，兜兜在四川住了三个月，体重增加了四斤——哮喘急性发作的那个冬天可是一丁点儿没长。这期间兜兜不再咳嗽，不再发烧，更重要的是他一点也不喘了。

四月的一天，兜兜的姥爷给他号脉，觉得兜兜就是一个健健康康的孩子。

当初听小敏汇报过孩子各种惨状的姥爷姥姥分外诧异，曾疑惑地给小敏打电话:“去年年底，兜兜真的有那么糟糕吗？”

小敏和大力也不敢相信，在这三个月里，孩子一次哮喘都未发作，孩子跟完全健康的孩子没有两样。

大力和小敏去接孩子。

大力对小敏说:“我都想住在这儿不走了，这儿太好了，最重要的是，四川这地方好像是哮喘的克星，兜兜的福地。”

小敏说:“那你就使劲挣钱吧。咱们在四川买一套大房子，每年冬天都来住。”

大力说:“你还记得年前咱们来四川的路上，你问我的话吗？”

“我问你的话多了，我哪记得住？”

“那时我就有现在的感觉，觉得咱们应该为了孩子，在一个环境优良的地方居住。”

“是啊，特别是像兜兜这样的孩子，更需要好环境。我们娘俩就等你发大财，在峨眉山脚下置一所大豪斯。”小敏也颇有同感。

但说笑代替不了现实，他们不可能长期在四川待下去。趁着五一假日，他们把兜兜接回家。回家后到底需不需要继续给兜兜用药，大力和小敏的意见不统一。大力的意见是还要接着用药，毕竟家里不是四川，空气质量没法相提并论，兜兜对空气可是极为敏感的。

小敏的意思是先等等，看看具体情况再说。兜兜都三个多月没喘了，小敏潜意识里希望这是最终结果，兜兜已经彻底好了。小敏不太愿意再给他用药。大力默认了小敏的想法。回来后很长一段时间里，兜兜还真给小敏争气，基本上没喘过。

可好景不长，到了六月初，天气变得异常炎热，兜兜再一次哮喘发作，咳嗽、喘息、发烧。小敏算了一下，离上次哮喘发作间隔时间为四个半月。这一次，小敏在他刚开始咳嗽起就用上了可必特和普米克令舒的雾化吸入治疗。

兜兜的姥爷也在第一时间开出了药方。配以相应的中药，并重新加入了顺尔宁与辅舒酮的预防用药，孩子的哮喘没有进一步恶化，发烧、痰咳等其他症状也在两副中药内痊愈。

这天大力刚下班回到家，就听小敏兴奋地叫他过来看电脑。

"有人给我的微博回复了！"

"你都多大了，有个回复就高兴得这样，至于吗？晚上吃啥？"大力没理小敏，坐在沙发上喝水。

"不是。过来！你赶紧地。是有关兜兜的哮喘！"小敏又喊。

一听和自己宝贝儿子的病有关，大力马上从沙发上跳起来。

原来，小敏从四川回来时，因为兜兜的健康状态在四川有极大改善，就在微博上写了一篇长微博，抒发感受。没想到被第一儿童医院哮喘中心的牛主任医师看见了，他评论道："过敏性哮喘有一种治疗，就叫'回避疗法'。过敏的孩子，在转换了一个新环境后，由于对新环境中的过敏原不敏感，而致敏尚需要一定的过程，那么，这孩子在刚到新环境时哮喘的发作明显减轻！"

"回避疗法！"小敏兴奋了，上网把牛主任的留言看了一遍又一遍，心里有了想法。

“你说，咱们当初还真想对了，换了环境就是对兜兜有好处！”小敏说。

“搬家实在是不靠谱，但咱们可以时不常地离开城中心，去周边地区，那些有山有水的地方待几天。比如五一、十一、清明中秋啦，就当短期旅游了。”大力也对专家的话深以为然。

十一假期，大力一家三口再次出游，去到一个空气、食物都更为干净放心的地方一口气儿住了五天。这是大力在网上琢磨了半天，精心挑选出来的地方，离家不远，环境还好，当地常住人口和流动人口也不多。兜兜的情况和大力他俩预想的一样，哮喘一次也没有发作。

大力也发现了，每次他们离开城区，无论是去旅行还是去探亲，兜兜的状况都非常良好，哮喘，似乎在兜兜的世界里就不曾出现。大力和小敏开的玩笑渐渐朝着现实发展。

2012 年冬，空气质量依旧不容乐观，PM2.5 持续攀高。大力全家为此做了最坏的打算：如果这个冬天，兜兜还与 2011 年一样，哮喘反复发作，那就重新找工作，举家搬迁。

人生总是这样，当你做了最坏的打算，为了最好的结果做着最大的努力，那么，你总能得到惊喜。

结果，兜兜的哮喘只发作一次。这次距离上次哮喘已经隔了半年。大力果断决定一咳嗽就用可必特和普米克令舒的雾化吸入治疗，再加上化痰清热、提高免疫力的中药。这次唯一的哮喘发作，在三天内就得到了控制。

当然，除了在哮喘发作时用缓解药，以及坚持了近一年的顺尔宁用药之外，平时，只要天气不错，两口子就带着兜兜运动：散步、游泳、儿童体操，几乎每天都做。

大力和小敏每周向父母至少汇报两次兜兜的情况。兜兜姥爷听完后，在电话里说：“大力啊，虽说你们给兜兜进行的这些活动、体育项目肯定能增强他的体质，但是兜兜和别的孩子不一样，他毕竟是过敏体质，患有哮喘，我的建议是，除了这些室外活动，还得给他做些保健治疗，比如中医推拿。”

大力说：“您的建议好是好，但我不会啊，您也不可能大老远地从四川跑过来，在这儿长期驻扎。带兜兜上中医院吧，我和小敏也没那么多时间。”

老爷子笑了：“你不会学吗？我这个老师是现成的，也不收你学费。”

“哎呀，我怎么把这茬儿给忘了。对，对，我可以学嘛。”

兜兜的姥爷也真厉害，拿老伴做例子，在她身上示范推拿动作，边做边说，把动作要领交代得详详细细，并把整个过程拍下来，再传给大力。

大力没费多少劲儿就学会了，他坚持每日给兜兜进行中医小儿推拿，捏积、运内八卦、清补脾胃、平肝清肺等的手法，大力弄得门儿清。

小敏由衷夸奖了自己的丈夫。要知道，以前同样下班回来，小敏负责做饭，大力不是看球赛就是玩手机，小敏曾说他“向来是饭来张口的阔少”。

“没办法，谁让我是兜兜的老爸呢，老爸就该有老爸的样儿。”大力虽然觉得很辛苦，推拿做多了也是个腻歪活儿，但眼看着兜兜自身的免疫力得到了极大的提高，全家人都特别高兴。

如今兜兜的哮喘控制得越来越好，他的身体也愈加强壮，身高和体重都已超过了同龄的大多数孩子，性情也恢复了乐观、开朗的状态。

周六这天，兜兜下楼和邻居的小朋友一起玩。小敏让邻居帮忙照看点孩子，这要是搁以前，她可不敢放心兜兜离开自己的视线。

“不用搬家了，这病得的，逼得咱们差点背井离乡。”大力一把抱住在厨房准备午饭的小敏。他终于松了一口气：“咱们的生活回到了正轨，不容易啊。”当初大力的确付诸行动了，四处打听，并让四川的老丈人留心当地的房价。

两个人走到客厅，大力倒了一杯水递给小敏：“这些日子，辛苦你了。”

“辛苦啥。其实我真有些遗憾，我挺想回到爸妈身边的。”小敏端着杯子，并没喝，她坐在沙发上，有些神情恍惚。隔了一会儿，她幽幽地说：“儿子好了比啥都强。”

“是啊，也别有啥遗憾了，像你说的那样，真要搬家，就代表兜兜病情不好，到时候就不是遗憾的事了。你想爸妈，咱们多回去看他们就行了，也顺便玩玩，当旅游了。”

大力说着，忽然想起一件事：“对了，程教授说有个运动会，问咱们参加不。”

“运动会？”

“就是哮喘儿童的一个活动吧，她们有个哮喘儿童的公益组织，不定期举办。据说还有从外地赶来参加的。具体情况我也不太清楚，哪天我详细问问吧。”

# 大鼻涕儿虫爬走了

## 1

2009年夏，辽宁抚顺市商业区中心一栋高档写字楼的一间会议室里，七八个人正襟危坐，默不出声。时间在凝重的气氛中显得异常缓慢。

一个秃顶的男人，紧盯着正对面的年轻女子，中央空调的温度很低，他的额头却渗出汗来。

那女子忽然展颜笑道："刘总，你的条件我接受了。"

男子明显松了一口气，也笑了，说："吴总，合作愉快，那就把合同签了吧。"

男子话音未落，会议室的门"砰"地一声被撞开，闯进来一个人，这人气势汹汹，冲着年轻女人大喊："吴桐花，今天你要么去给我生儿子，咱俩接着过；要么你签你的合同，我签我的离婚协议！"

随后小跑进来的前台职员惴惴地说："吴总，我拦不住他。"

被称为吴总的年轻女人"霍"地站起，竟然是身孕十分明显的体型，她对那个闯进来的男人说："国华，你不要影响我正常工作！"然后语气一软："国华，你给我五分钟时间，五分钟就行。五分钟后我一切都听你的，你说啥是啥，好吗？"

国华听了此话，扭曲的脸慢慢恢复了文质彬彬的模样，说道："好，就五分钟，多一分也不行！"

五分钟后，一辆奥迪A6驶出商业中心。车内国华的气还没完全消下去，不满地说：“都啥时候了，还想着挣钱呢！说好了九点在妇幼院办住院手续，我是左等也不来右等也不来，打电话关机。你也不想想你都多大岁数了，你是高龄产妇，懂不懂？万一有点啥事，我……”

桐花柔声说：“好了，别磨叽了，我不是已经向你道过歉了吗。从现在起，我归你管还不行吗？”

国华刚要说什么，桐花转向开车的人，说：“小王，合同是签下来了，后续还有大量的工作，你盯着点，千万别出差池。我这马上生了，可能顾不上了，你多操心，有事给我打电话。”

小王应声说：“放心吧，吴总，你……”

国华冷笑着打断小王的话：“打什么电话，有事小王你就做主吧。现在我说了算。”

奥迪车在妇幼院停下。桐花住进了 VIP 病房。

桐花躺在病床上，国华忙着归置各种东西。俩人都不说话。桐花心里渐渐涌起对老公的感激之情。

## 2

桐花出生在一个普通家庭，父母都是做小买卖的，桐花上学时成绩一般，高中毕业没考上大学，就跟着父母学着做生意。没想到她在经商方面却有天赋，老天又帮忙，赶上政府鼓励发展中小企业，给了不少政策上的优惠。桐花以父母之前的资产打底，重新注册了公司，一改父母的老路，经过几年苦心经营，买卖越做越大，在抚顺商业圈里也渐渐出名了。

桐花在一次政府表彰创业人才的会上认识了国华。国华名牌大学毕业，因为他特孝顺父母，拒绝了留校以及其他大公司的邀请，回到家乡，在政府的一个部门任职。

桐花被国华儒雅的知识分子气质吸引，国华折服桐花独立、坚韧的性格，俩人很快陷入热恋，然后结婚。婚后国华完成了博士学业，桐花专心于发展公司，所以俩人直到三十多岁了才考虑要孩子。

他们找了抚顺当地最好的产科医生检查过，产前检查的情况也良好。医生认为，桐花的年龄虽然偏大，但体质很好，骨盆宽度也够，建议桐花能自然生产就别动手术，这样对婴儿和母亲都有好处。

没想到，女儿童童出生时，发生了脐带绕颈的意外，只好进行剖宫产。感谢老天爷，手术很顺利也很成功，童童有惊无险地降生在这个世界上。

孩子大人出院回家后，国华特意雇了一个有经验的保姆照顾她们娘俩。桐花耐不住无聊的月子生活，同时也放心不下公司，总背着国华与公司联系，让国华很生气。

这不，桐花刚拿出笔记本，要安排公司工作，国华看见了，一把就把笔记本抢过去，摔给她一大摞书。

“作为一个母亲，特别是一个在月子里的母亲，你该看看这个。”国华义正词严。桐花一看，全都是育儿和产妇产后保养的书。桐花知道老公一片好心，没说什么。

孩子大了一些，有模有样的，亲朋好友都说像爸爸，国华却认为女儿像妈妈，和妈妈一样漂亮，性格也像妈妈，很坚强。

这天，夫妻俩带童童去接种疫苗，虽然孩子小，听不太懂，国华还是给童童讲了很多疫苗的故事和接种的好处，最后问她：“接种疫苗是要打针的，童童怕不怕呀？”

童童说话奶声奶气：“我不怕，爸爸说要勇敢。”果然，打针时，整个一屋子小孩，就童童没哭。童童有一次接种时，小眉毛皱着，小嘴咧着，马上就要哭了。国华和桐花在身边鼓励她，她终于没哭。等到后来再打疫苗针，小家伙就自如多了。



## 3

童童快三周岁时，领导安排国华去外地学习，桐花忙着她的公司，童童的爷爷奶奶和姥爷姥姥轮流照看她。

一天下午，桐花处理完公司事务，觉得很疲乏，在办公室小憩了一下。睁开眼已到了下班时间。

桐花回到家，发现家里没人，想到今天应该是爷爷奶奶照看的日子，心想打电话问问吧，拿出电话才发觉自己的电话因为开会关了一下午的机。电话打过去，爷爷奶奶家里没人接听。

"是不是在外面带着童童玩呢？"桐花想，"这个点，吃饭还早，等等吧。"

桐花掐着时间，给爷爷家去了电话，仍然无人接听。桐花有点坐不住了，又打到姥爷家。姥爷奇怪地问："童童没在我这儿，这几天不应该在她爷爷那儿么？怎么了？"桐花怕老人担心，胡乱找个借口敷衍过去。

这都晚上八点多了，爷爷家还是没人。桐花晚饭也没吃，烦乱地走来走去。

"不行，我得去爷爷家看看。"桐花决定不能傻等着了。刚出楼道门，就远远看见爷爷抱着童童，童童被各种衣服裹得严严实实，奶奶跟在身旁，急匆匆走过来。

"这是咋的了？"桐花急忙迎过去，从爷爷怀里接过童童。

"打你电话关机，童童感冒了，我们刚在医院打完吊瓶。"

"现在咋样了？严重吗？"

"不严重，已经睡着了。"

一家人说话间进了家。爷爷奶奶介绍了情况，下午他们带童童在小区绿化区玩，外面阳光很好，童童玩得小鼻子汗津津的。他们看童童正在兴头上，就破例让她多玩了一段时间。回家后发现童童有些咳嗽，奶奶摸她额头，感觉有些热，给桐花打电话却是关机。老两口商量了一阵子，就带童童去医院了。等到了医院，童童的体温上来了，将近39℃，就打了吊瓶。"都怪我们，没照看好童童。"老两口一个劲儿地自责。

桐花一边安慰公公婆婆一边重新给童童量了体温，还好，37℃多点。童童睡得很沉。

姥爷姥姥闻讯赶来，埋怨桐花光顾着工作，还关手机。

桐花连连认错，让老人们先别告诉国华，让他在外地安心学习。四位老人家叮嘱了一番，都走了。

童童按时服药，感冒很快就好了，只是有些咳嗽，因为没有发热，桐花以为只是炎症还没彻底消下去，所以也没放在心上。看着宝贝孙女老是咳嗽，爷爷奶奶又急了，带着童童去了几趟医院，大夫说她有点上呼吸道感染，并无大碍，开了一些药。

桐花每天在家里给童童定时测体温，不烧，还是有些咳嗽。她宽慰自己，问题不大，不用再去医院了，没准童童自己会好的。

一个月后，国华回来了，他看见童童的状况，心里有些不快，但当时没多说什么，他怎么也不能想到这竟是童童漫长治疗的序幕。

接下来的半年内，童童时常咳嗽。夜里咳，天气冷热变化时也咳，咳嗽的小毛病总是伴随着幼小的童童，几乎所有的儿童止咳糖浆都给她喝过，也吃了不少消炎止咳的药，但始终没去根。

因为孩子的毛病，国华和桐花发生了很多次争执，国华认为桐花没有尽到当母亲的责任。

“你忙你的公司吧，从今天起，我接送童童。”国华说。

“我忙公司有错吗？还不是为了这个家，你就算当上处长又能挣几个大钱？现在物价这么高，还得给童童准备上学的钱。再说，人吃五谷杂粮，谁不生病？童童也不是啥大病。”

“你说啥？非得等童童得了大病你才满意？”国华真的生气了，不为别的，就因为桐花的态度，他认为不端正。

两口子吵嘴当然没结果。有时候俩人拌嘴的声音高了，童童故意大声咳嗽，俩人立刻住嘴，顾孩子去了。

## 4

一年正值冬季，国华去幼儿园接童童的时候，老师告诉国华，今天童童比往常咳嗽得厉害，她不敢给童童瞎吃药，让童童喝了不少水。

童童在回家的路上一直咳嗽，晚饭后更厉害了。国华带她到离家最近的医院看了看，值班医生说孩子着凉，有炎症，开了一些治疗上呼吸道感染的药。但这些药没有起到良好的疗效，童童还是咳嗽。长时间的咳嗽使孩子稚嫩的气道变得十分敏感，再加上天气寒冷，发病的那段时间，夜里只要躺下就会咳嗽。



再稍大一些，她就时常流鼻涕，睡觉时总是有鼻塞的感觉，也时不时揉鼻子、掏鼻洞。桐花在她胸前别了两块手绢，手绢换洗得也比其他小朋友的次数多。爷爷奶奶和姥爷姥姥以为这是小孩常见的现象，不足为奇。桐花和国华却有一种不好的感觉。

有一天，国华去接童童，童童向国华哭诉："爸爸，小朋友们笑话我流鼻涕，给我起外号叫大鼻涕儿泡。"

国华伸手擦掉童童的眼泪，说："童童乖，不哭。大鼻涕儿泡没啥，爸爸小时候还被人叫大鼻涕儿虫呢。"

童童问："大鼻涕儿虫和大鼻涕儿泡有啥不一样呀？"

国华说："大鼻涕儿泡呀，越长越大，越长越大，最后啪地就破了，从里面爬出一个小虫子来。"

"啊？那可咋办呀？"

"不用办，过几天小虫子就自己爬走了，童童从此不再流鼻涕了。"

"那它啥时候爬走呀？"

"马上，嗯，让我想想，下周它就爬走了。"

"太好了，太好了！"

"快到童童生日了，童童想要什么生日礼物啊？"

"我想要一只跟我一般高的大狗熊！还要一个能换好多衣服的芭比娃娃！还有，我还要大鼻涕儿虫早点爬走！"

为童童充分准备的生日庆祝会却没过好。

头天晚上，国华被桐花叫醒："你听听，童童咋喘气呢？我觉得不对劲。”

国华睁开蒙眬睡眼，看见童童小胸脯起伏很大，呼吸费劲，发出十分明显的喘鸣声。

国华心想坏了，孩子支气管一定受到了损伤，不能再将就下去了。

“天一亮就去医院。”国华说。

俩人正说着话，童童咳醒了。

“你去把止咳糖浆拿来。”国华对桐花说。

童童喝了止咳糖浆，国华问她感觉好点了吗，童童懂事地点点头，随后又是一阵强烈的咳嗽。

第二天早饭，童童咳嗽更严重了，把早点都吐出来。国华和桐花早饭没吃，带童童去了医院，医生诊断为气管炎，输入消炎药数次，咳嗽和喘都停了。

就这样，生日也没过好。准备好的饭菜她丝毫没有兴趣，只就着酱菜喝了一点稀粥，生日蛋糕碰都没碰。去儿童游乐园的计划也搁浅了。看着童童无精打采地抱着大狗熊，国华桐花相对无言。

接下来的一个月，童童几乎都是在药物陪伴下渡过的，之后反复喘息，用了药就好，停下药没多长时间就犯，如此断断续续地长达八个月之久。这八个月内，桐花很少去公司，除非有重大决策非她不可之外，她都在家陪伴童童。

八个月之后，童童忽然不咳喘了。国华、桐花高兴之余，感到不解，问医生，医生也没解释清楚。国华他俩没有想太多。好了就好了——东北人大大咧咧的性格真要命啊。国华认为是桐花当上了合格的妈妈，饮食上照顾得好，营养完善齐备，使得童童增强了抵抗疾病的能力。桐花却不这么想，但她也认为童童彻底好了。

9月8日，孩子突然发热，体温37.9℃，咳嗽也重新找上门来。童童一声一声地咳，痰音较重，桐花赶紧带她去医院。大夫听听孩子的肺，表情严肃地建议到大一些的医院进一步检查诊断。桐花觉得情况不妙，再问，大夫却不说别的，只说咱们这个小医院医疗设备和技术都很落后，让她去好点的医院检查，别耽误了孩子的病。

桐花一听就懵了，这时国华从单位赶来，托一个朋友找到了儿科主任。儿科主任和童童的主治大夫意见相同，他们怀疑童童患有哮喘。儿科主任说："哮喘是难缠的慢性变态反应疾病，弄不好一辈子都是它，我建议你们明天就去外地的大医院。"

第二天一大早，国华一家去了省城，在省里最好的儿科医院住了院。入院后立刻抽血化验，血常规正常，肺炎衣原体抗体 1∶160，呈阳性，腺病毒抗体 IgM 也是阳性。过敏检查显示童童的过敏原很多，过敏级别也很严重。孩子对蛋清、蛋白高度过敏，对牛奶也是中度过敏。肺部 CT 检查显示孩子肺部已有炎症。

主治医生给出的治疗方案是：静脉输入阿奇霉素 5 天、红霉素 2 天；雾化泵吸入普米克令舒、可必特，一天 3 次，两日后一天 2 次。

这些药真管用，五天治疗下来，孩子不喘了，体温也正常了。医生示意童童可以出院，出院诊断书上写着：急性支气管肺炎，腺病毒感染，疑似支气管哮喘。出院时，医院又开出了三天的口服阿奇霉素以及三个月的顺尔宁（孟鲁司特纳）。

国华告诉爷爷、奶奶、姥爷、姥姥四位老人，今后不能给童童吃鸡蛋和喝牛奶了。老人们大为不解，纷纷表示"活了这么大岁数，头一次听说还有鸡蛋牛奶过敏的"。国华没有过多解释，这些日子，他要照顾孩子，还得做妻子的思想工作，别看桐花在事业上是个女强人，一听说童童的病有可能是一辈子的事，马上就暴露出母亲的软弱了。国华一路开车回来，疲惫不堪，把孩子交给四位老人，回卧室睡觉去了。

桐花和老人们在客厅里研究今后怎么照顾童童。老人们明显分为两派。一派认为医院开的药太多了，是药三分毒，孩子那么小，怕她扛不住。"病没咋地，身体反倒是吃药吃出新毛病来。"一派认为必须听大夫的：“病没好，就得吃药。”

桐花没有表态，她有些不知所措。公司投资项目有风险时，她总能力排众议，坚决执行自己的决断，可是在女儿的治疗上，她茫然了。

桐花只得两边劝老人们，说等国华醒了，他们再去找医生咨询，劝老人别瞎操心，以后对童童在饮食上多注意就行了。

结果老人们没打起来，桐花和国华倒打起来了。

两周后，国华发现医院给童童开的哮喘的预防性药物顺尔宁数量似乎不对。他问童童：“这几天你吃顺尔宁了吗？”

童童瞪大眼睛，没听明白爸爸在说啥。

国华拿起顺尔宁的药盒，晃晃，说：“就是这里的小药片，白色的。”

童童摇摇头。

国华把桐花喊来，问：“你是不是把顺尔宁给孩子停了？”

桐花见国华一副严肃的样子，把开玩笑的话咽回去，也绷着脸说：“我看童童这些日子不咳不喘的，就停了。这种西药，终归不是食物。”

国华说：“你咋擅作主张就把孩子的药给停了呢？这是正规医院专职大夫开出来的药！预防哮喘的！”

桐花说：“你喊啥！那不过是预防药品，诊断书上不是写着疑似哮喘吗？我寻思万一不是哮喘，这药吃多了就没有好处。”

国华说：“这种药，我早就问明白了，是一种可以长期服用，副作用很小的药。”

桐花撇嘴：“副作用再小，它不是也有吗？你这么明白，那就找一个大夫，一次就把咱们童童治好。”

国华晃晃药盒，问：“停了几天？还有几盒？”

桐花说：“刚停了不到一星期，好像还剩一盒多点。”说罢，桐花俯身去翻药箱。

国华说：“别找了，那就是还有一盒零两片。”

桐花说：“一盒一共就五片，我说别吃了，你看童童不挺好的吗？”

国华想了一会儿，说："真拿你没法。那就先不吃了，这几天留心点，童童一旦有啥不对头，赶快服药。"

桐花说："那还用说，我也不是后妈。"

停药一个月后，童童又出现咳嗽、喘息的症状。到医院看又诊断为气管炎，医生给予以下的治疗：静脉输入阿奇霉素 5 天，头孢类抗生素 3 天，妥洛特罗贴敷 7 天，也包括吸雾治疗。

这次国华没有埋怨桐花，出乎桐花的意料。她主动向国华道歉。

国华说："埋怨你也代替不了治病。但是童童这么下去也不是事啊。你说，这个气管炎怎么这么难治？她爸是妻管严，她这么小咋能是气管炎呢？会不会是别的病？"

"你是妻管严？我倒觉得我是夫管严呢！啥别的病，你少乌鸦嘴……"桐花说着，忽然跳起来，跑到书架前翻腾起来。边翻边叨咕："我的那本育儿书呢？我记得就放这儿了。"

桐花翻出一本书，指点着其中一页说："你提醒我了，你看这。如果孩子在一年之内出现 3 次喘息，很可能就是哮喘。咱家童童在 5 个月内就喘了 3 次，你说她会不会是哮喘呢？"

国华一听，省儿童医院开具的诊断书，上面写的"疑似支气管哮喘"的结论再次浮现在他眼前，他又想起市医院儿科主任的话，觉得情况不妙。

俩人商量了好一阵，决定向亲友求助，把疑问撒到朋友圈里。

不久就得到了回馈。有朋友建议他们去 A 市第一儿童医院哮喘科去看看，这个朋友特意嘱咐国华，一定要挂程教授的号。朋友说，程教授擅长小儿呼吸道疾病的诊断与治疗，特别是在儿童哮喘的诊断和治疗上有着非常丰富的临床经验和深入研究，是我国最好的儿童哮喘专家之一。

国华一听，那还等啥呐，立刻请了假带着孩子奔赴 A 市第一儿童医院。

## 5

11 月 13 日，他们到了 A 市第一儿童医院，挂了程教授的专家号。

在等待叫号的过程中，国华发现许多同样在候诊的人，他们和自己一样，大多数是慕程教授的名而来，也有些是来复诊的。国华赶紧问复诊的人，治疗效果咋样。

有人拉过自己的孩子说："你看我家的孩子，不咳不喘，要是我不告诉你他有这个毛病，你信吗？"

其中一个人说："如果程教授都治不好的哮喘，就只能找外星人去治了。你说治疗效果怎么样。"

大家听了直笑。国华、桐花也放下了大半颗心。

程教授非常和蔼，听说他们是特意从辽宁赶过来治病，还对他们说"辛苦、辛苦"。国华一愣，心说："您给我们看病，应该是我们向您问候才对呀。"

程教授开始诊断的第一句话就是问童童有没有揉鼻子、揉眼睛的习惯。

国华一听，忙说有。"这真是专家，未卜先知啊。"夫妻俩互相看看，"这回来对了。"

程教授用听诊器听了童童的前胸后背，观察了童童的鼻涕和口腔，详细询问了孩子的过往病史和治疗情况，又问了他们一家人有无过敏病史，然后开出了肺功能检查单。

肺功能检查显示孩子的肺功能稍有异常。最后程教授总结了孩子的情况：童童平时有鼻部症状，喘息发作了 3 次，孩子姥爷有过敏性鼻炎，查过的过敏原里鸡蛋高度过敏，牛奶中度过敏，青霉素皮试有过敏史，现在咳嗽一般发作在早晨和运动后。那么，综合以上情况考虑，童童属于支气管哮喘。

"真是哮喘啊。"国华、桐花俩人并没有过分惊讶。

程教授给孩子开出的治疗方案为：

吸入辅舒酮每次1喷，每日2次，万托林每次2喷，每日3次，如果不咳了后者就可以不喷；口服氯雷他定7ml，每日1次，口服2周，槐杞黄颗粒1袋，每日2次。

“而且，”程教授强调说，“孩子有鼻塞流涕等症状，直系亲属有过敏性鼻炎，必须要考虑孩子是否也有过敏性鼻炎。”

程教授认为要结合鼻子一起治疗才会起到根本、切实的效果。于是，国华他们又挂了五官科的号。果不出程教授的预料，五官科的大夫诊断孩子为过敏性鼻炎，开了辅舒良鼻喷雾剂。

程教授又问了他们的经济状况，得知他们“不差钱”后，建议国华一家多待几天，等一个疗程过后，看看治疗效果怎样再做打算，否则两地来回跑，既浪费时间又有增加孩子痛苦的可能。

这也是国华所担心的，万一孩子的病反复发作，再往第一儿童医院赶就来不及了，于是就在医院附近的饭店里住了下来。

治疗三天以后，童童咳嗽明显减轻多了。国华和桐花遵照程教授的交代，分外留心孩子的一举一动，发现童童揉鼻子的次数也少了，也不流鼻涕了。一个星期后，童童一点也不咳了，夜里睡觉睡得特别安稳。她还喜欢在床上蹦来蹦去，以前一蹦就咳嗽，现在无论怎么蹦都不咳嗽了。

国华说：“这下好了，能撒欢了。”

童童一边蹦来跳去，一边说：“爸妈，下次我一定要把大狗熊和芭比娃娃带来！爸爸，你看，我不流鼻涕了，大鼻涕儿虫不知道啥时候爬走了。”

国华说：“是啊，它再也不会回来了。宝贝，你随便蹦，蹦塌了床，老爸赔。”

桐花的心情也好起来，说：“楼蹦塌了你赔得起吗？”

童童蹦着说:“我长大了才能蹦塌楼!”一家人同时开心地笑了。

两周以后，他们复诊，把孩子的情况和程教授说了，这次做了个肺功能检查，情况不错，肺功能几乎恢复正常。

“嗯，嗯。不错、不错,”程教授看着肺功能检查报告说,“你们过来看看，这是正常的肺功能数值，这是病态下的数值，现在童童的数值已经和正常数值持平了。”

程教授让他们把孩子吸入的药物减量，两个月后再来复诊。

他们回到了抚顺，四个月已经过去了，童童情况很好，没有再咳嗽，更没有喘息，饮食和睡眠都比以前好了不少，这不，又来复诊，没什么问题，程教授说:“如果你们时间有富余的话，我希望你们带着孩子参加一次我们组织的哮喘儿童运动会。这个活动很好，你们来得巧，后天就进行。”

# 拳打哮喘 脚踢鼻炎

## 1

杨帆每次整理完患儿家长的故事，都要给他爱人看一遍，然后两人相互检查一下自己对飞飞有什么照顾不周的地方，在防治方面有什么需要改进的地方，别人的经验有哪些自己可以拿来用。

每个人的患病原因啦，治疗方法啦，都不尽相同，但通过这些事例，杨帆总结出以下两点，可以用在任何一个哮喘患儿身上——坚持用药不怀疑，坚持适当运动不间断。杨帆把这叫作哮喘患者的“普世价值”。

飞飞有时淘气，杨帆不但不生气，甚至视情况鼓励他。一次飞飞在小区里的花坛里玩土，弄得满头满脸。爱人说了他几句，杨帆立刻说：“儿子，不怕。弄脏了脸，咱们洗；弄脏了衣服，爸爸洗。”

杨帆认为，孩子天性就好玩，那就在安全的范围内让他玩个够。

对于体育锻炼，杨帆对儿子更是严格要求。小家伙跑步、游泳、旱冰样样精通，形意拳也打下了坚实的基础。有时候儿子耍赖，怕累不去运动，杨帆就用奖励的方式，比如给他买本漫画书，在他床头贴写着“坚持就是胜利”的小红花之类，给儿子打气。

## 2

一天，杨帆接到CAAPP执行秘书小乔的微信，邀请他和飞飞参加

CAAPP 举办的哮喘患儿运动会。

“疗养院？去郊区？”杨帆很意外。他以为在市内租借一个室内运动场馆就行了，没想到搞得这么隆重。

“当然得去环境优雅、空气清新、闲人免进的地方啦。”小乔说，“去年我们已经成功举办过一次了，这是第二届。并且所有参加运动会的小朋友事先我们都要进行身体检查，峰流速仪、肺功能检测都做，安全第一。”

“你们想得太周全了，我一定带儿子参加。”

一辆高级大巴行驶在去往疗养院的路上。车厢里传来小朋友欢乐的、稚气十足的歌声。车内坐着十多位家长，他们也很开心，要知道几个星期或几个月前，他们的宝贝还在医院里接受治疗呢。

杨帆到处发名片，结识了大力、小敏，国华、桐花，几个人聊了一路。

车驶出市区后，自然风景渐渐多了，有些山阴路上花木自相映发，令人目不暇接。

大力说：“你们不知道，当初我都想离开城市，找个小县城住下，省得天天在雾霾里过日子，整天担心孩子的病。”

国华说：“那好啊，咱俩换换，我搬到你家，你搬到俺们那嘎达得了。咱可得说好，房价差额我可补不起啊。”

大家哄笑。

大力说：“听说抚顺的空气也不咋地呀。”

小乔说：“巧了，我们刚好有个哮喘知识讲座，邀请了一位专家讲有关雾霾的事，欢迎大家参加。”

杨帆说：“嗬，你们又是运动会，又是讲座的，动静搞得挺大呀。”

小乔纠正说：“啥你们，是咱们。大家都是 CAAPP 的骨干力量。”

杨帆说：“小乔你是骨干力量，我们是顽固分子。”

大家又笑。

不多时来到了目的地。会场已由工作人员安排就绪，中心挂着红色横幅“控制哮喘、自由呼吸”，四周点缀着五颜六色的气球，还插着数十面彩旗，氛围显得简单而热烈。

任何地方，只要有孩子们就热闹多了，他们在场地里跑来跑去，家长们则有的围着 CAAPP 医疗志愿者（他们都是医生或者受过医疗教育的志愿者）咨询，有的在一起聊天，相互交流经验。

程教授也来了，她说今天的主角是小朋友和家长，她是来站脚助威的。

小乔跟杨帆说：“别看老太太八十多了，精神着呢！ CAAPP 的活动场场不落。”

杨帆感叹说：“我也看出来了，程教授的身体真棒。你说，咱们到了程教授这岁数该是啥样？”

小乔说：“咱们能不能活到八十还指不定呢！”

两人说笑着，“第二届哮喘儿童奥林匹克运动会”正式开始了。

首先，第一儿童医院副院长致开幕词，程教授主持大会，杨帆作为家长代表发言。

接下来，小运动员们入场。

他们身穿运动服，打着队旗，随着运动进行曲，很认真地迈着步伐走进会场。虽然脚步不一致，毕竟最小的孩子只有四岁，最大的也才十四岁，但看得出来，他们对这次运动会很重视，胖嘟嘟的小脸蛋紧绷着，胸前贴着号牌，个个表情严肃。

比赛场面的热烈欢快自不必说，小朋友多的地方，欢乐就多。比赛项目还不少，有 50 米赛跑、轮滑、儿童自行车和游泳等等。

飞飞在运动会上结识了很多小伙伴。杨帆本人爱好武术，儿子也天性好动，为了增强飞飞的体质，杨帆带着他拜了一个京城颇有名望的形意拳师傅。小家伙悟性不错，根骨也好，很受师傅喜爱，拳也练得有了几分模样，在这次运动会上他特意为大家演练起来。

飞飞在台上拳脚虎虎生风，不少小男孩在下面跟着比比划划，表演完了，他们围上飞飞要跟他学拳。

有大人逗飞飞："小朋友，你的武术这么厉害，长大了是不是要去当大侠呀？"

飞飞说："那当然。"

"大侠都干什么呀？"

飞飞认真地想了一下，大声说："拳打哮喘，脚踢鼻炎！"

大伙哄地一声全笑了。

为了使运动会更正规，更有仪式感，CAAPP给每个参赛的小健将都发了奖牌，相信这是他们人生中第一次戴上体育运动的金灿灿的奖牌，对于孩子们来讲，应该会令他们永生难忘。此时的会场上，哮喘的阴霾被自豪与自信一扫而光，这不仅是一次体质上的锻炼，更是一次精神上的自我强健。

杨帆看着所有的小朋友和其中的儿子飞飞，看着在一旁呐喊助威的教授们，心里很感动。

不知不觉中，运动会结束了，会场响起一首歌：

我们曾经有过哮喘
呼气吹哨胸闷气短
全家老少彻夜难眠
烦恼每一天
不用害怕 不用心烦
加入联众 树立信念
吸入治疗 非常安全
定能控制哮喘
加强锻炼 游泳爬山
均衡营养 充足睡眠
养成良好生活习惯
自然保平安

自我管理 不要间断
常记日志 把药备全
使用峰流速 坚持每一天
健康到永远

杨帆问:“这是咱们哮喘组织的歌? ”

小乔说:“对，夏令营的歌，叫《哮喘治疗营营歌》，怎么样? ”

杨帆说:“不错啊，还有营歌。太高大上、太励志了。”

小乔说:“大记者，你们玩笔杆子的，写这些东西很容易吧，你也给咱们联盟写首歌呗。”

杨帆说:“好啊。不一定是我写，我认识一些搞音乐的，这个可以试试。”

小乔说:“一定要你写，你是咱们联盟的成员，你写才有意义。”

杨帆笑了:“你这是硬性摊派啊。”

杨帆真的谱写了一首歌，说唱形式。他找来搞音乐的朋友，在专业录音棚里录制。在 CAAPP 举办的“免费哮喘知识讲座及现场答疑”活动上，这首歌首度公开播放，受到大家的热烈好评。

**《哮喘知识歌》**

也许你总咳嗽在清晨或夜晚
鼻流清涕打喷嚏鼻塞还揉眼
也许你以为是感冒或咽炎
虽然吃了很多药却总不见好转

如果你这样已经有一段时间
如果你或家人与过敏有牵连

如果喘气带有哨音胸闷又气短
可得警惕你的毛病没那么简单

建议你别急着吃抗生素消炎
也别忙着拿输液当妙药灵丹
最好到呼吸哮喘科去看看
也许医生会告诉你其实是哮喘

想要确诊是哮喘必须去正规医院
让医生听听哮鸣音是否已出现
肺功能测试是必须的检查手段
看看用药前后的症状有没有改善

如果医生确诊你或孩子得了哮喘
千万别不当回事也不必太心烦
现在治疗哮喘方法很多很灵验
只要你牢牢记住以下这些点

哮喘病人的呼吸道十分敏感
受了某些刺激就会不大舒坦
嗓子发紧丝丝响有时呼吸困难
同时还有咳嗽胸闷等症状出现

所以第一重要的是找出过敏原
明确哪些东西会引发哮喘
然后尽量远离它能多远就多远

病毒感染常常也能引发哮喘

所以日常必须加强体育锻炼
增强免疫力冷时适当要保暖
睡眠充足生活规律情绪要饱满

得了哮喘日常护理真的很关键
峰流速仪每天检测最好不间断
哮喘发作有时与鼻炎密切相关
所以要把洗鼻子当成生活习惯

天气好时保持通风空气要新鲜
定期打扫卫生被褥枕头勤换换
不养花草宠物不要毛绒玩具地毯
远离各种刺激气味一定不能吸烟

每天记录哮喘日记是个好习惯
身边常备吸入急救药物才能保平安
急性发作呼吸困难吸药能见缓
然后赶紧去医院千万别犯懒

治疗哮喘需要用药数月到几年
吸入微量激素其实很安全
直接作用在患处不伤身体其他器官
所以千万不要自作主张把治疗中断

想要好转必须遵照医生的赠言
以免病情反复加重难以逆转
牢记上面这些坚持去做才平安
祝愿所有孩子大人健康到永远

孩子早治早康复扬起希望风帆
大人早治正常工作生育也不难
老人早治一样拥有幸福的晚年
祝愿所有孩子大人健康到永远

### 3

国华在政府部门上班，假不好请。桐花还惦记着公司的一大摊子事情，运动会结束后，他们带着童童回抚顺了。临走时让大家抽空把讲座的视频给他发过去。

杨帆是记者，时间比较充足，但免费哮喘知识讲座那天他采访了一个突发事件，来晚了。等他赶到讲座现场，讲座已经开始有一阵子了。

此时宾馆二层的会议室座无虚席，走廊和过道都站满了人。人虽然很多，但在志愿者的引导和安排下，整个会场显得井然有序。

杨帆站在会场门口，一个年轻的志愿者过来，发给他两本不同的哮喘知识小册子，这是CAAPP印制的。几个志愿者在墙上挂了一幅很长的宣传条幅。

小乔挤过人群，找到了杨帆。

“大记者，您来了，欢迎，欢迎。您是大忙人，我还担心您给忘了呢。”

“这样重要的日子，我咋敢忘记？”

“嗬，重要的日子，那我考考您，今天是什么日子？为什么重要？”小乔和杨帆熟了之后，有机会就开玩笑。

这下杨帆皱眉毛了：“什么日子？5月3号啊，劳动节的第三天，今天召开哮喘知识公益讲座啊。”

“告诉你吧，今天是世界哮喘日。”

“哦，怪不得讲座安排在今天，原来大有讲究啊。”

小乔又详细地给杨帆说了一下今天讲座的流程。

CAAPP 请了一些国内知名哮喘专家，和哮喘患者及家长面对面交流。还安排了一个年轻的患儿家长讲述她家孩子治疗哮喘的经过，与众人分享经验。此外还特意请了从美国留学归来的方博士做《空气污染与哮喘的关系及防护措施》的主题演讲。

杨帆站在后面，随时把各位专家讲的要点记录下来。他发现，现场带着纸笔的人真不少，都在认真记录。生命健康，兹事体大，谁也不敢马虎啊。

方博士的讲座主题格外引起人们的兴趣，他提到了最近的热点话题——雾霾。

方博士讲到，雾和霾大家经常连在一起说，其实雾与霾从某种角度来说是有很大差别的。雾是近地面层空气中水汽凝结的产物。霾是空气中的灰尘、硫酸、有机碳氢化合物等粒子，它使大气混浊、视野模糊并导致能见度恶化。空气中的污染物，特别是细颗粒物（PM2.5）已被公认为对人体健康危害最大且最具代表性的大气污染物。大气颗粒物主要通过呼吸道进入人体，其对人群健康的影响是多方面的，主要是影响呼吸系统和心血管系统，而且所有人群都会受到颗粒物的影响。

有人问雾霾到底和哮喘有没有关系。方博士说，法国的一项研究表明，儿童哮喘患病率的升高与室外空气污染物浓度的升高有关系，台湾的研究发现，室外空气中颗粒物等的浓度升高与哮喘的患病率增加明确相关，但 PM10、$SO_2$ 与哮喘的关系并不明确。另有研究显示空气中的颗粒物，尤其是 PM2.5 能够引起气道的高反应性，加重哮喘儿童的症状。

燃料燃烧产生的二氧化硫、氮氧化物等以及室内装修材料释放的甲醛、苯等气体均可成为气道炎症反应的诱发因素或者加重原有的气道过敏症状。

但另一方面，我国空气污染比较严重，颗粒物和气态污染物的浓度较高，而哮喘的发病率相对较低；新西兰、美国等国家空气污染较轻，哮喘的发病率却较高。这说明还有很多的其他因素，如过敏原等对哮喘的发生起主要的作用。

有人提问，戴口罩是否能避免雾霾给人体造成的影响。

方博士说，口罩能够在一定程度上阻挡有害的气体和颗粒物进出佩戴者的口鼻。由于我国目前的空气污染以颗粒物（尤其是 PM2.5）污染比较严重，因此建议佩戴能够有效去除颗粒物的口罩。

需要说明的是目前广泛使用的医用口罩以及普通的布口罩不能有效过滤 PM2.5，因此不建议在雾霾天气使用这类口罩。目前市场上比较有效的口罩为标有“N95”或者“N90”等字样的口罩。

另外不建议哮喘患儿长时间佩戴口罩。

方博士强调，不要只顾着外面空气质量而忽视室内空气质量。人的一生中有三分之二的时间在室内度过，尤其是婴幼儿和儿童在室内的时间更长，因此重视室内空气质量对其显得尤为重要。

## 4

程教授主持会议，几位哮喘方面的专家做了精彩讲演。到了回答现场观众问题时，讲座达到了高潮。

来参加讲座的人，要么是哮喘患儿家长，要么是哮喘患者本人，还有一少部分是哮喘患者的亲属，总之都和哮喘有关。举手问问题的人太多了，会议现场陷入短时间的混乱。

程教授拿起话筒大声说：“请大家静一静，不要着急，我们保证回答每一个人的问题。答不完我们不走。”

大家一听这话，渐渐安静下来。

程教授说：“问问题的人多，那就请每个人只问一个最关心的问题吧。我觉得大家把别人问的所有问题都听仔细了，心里的迷惑也就解开了很多。好，咱们从最后面的一排开始。大家轮流问，别着急，一个一个来，我们都会详细解答的。”



事后根据现场提问，杨帆总结了如下内容。



哮喘是当今世界最常见的慢性呼吸道疾病之一，是世界上公认的医学难题，被世界卫生组织列为四大顽症之一。目前在中国至少有3000万左右哮喘患者。

儿童哮喘的原因包括两大类：一个是遗传因素，根据流行病学调查显示，约30%—40%的哮喘患者有家族哮喘病史，约50%—60%有家族过敏病史。如果父母一方患有哮喘，孩子患哮喘的风险为30%，双方患哮喘，这个风险则会增加到50%。第二是外部因素，儿童哮喘可由不同的触发因子诱发，比如病毒、过敏原诱发，常见的过敏原包括烟、螨虫、宠物毛屑、花粉、霉菌、空气污染（装修后的环境污染），甚至冷空气也可能刺激气道，诱发哮喘。

室尘螨是全世界范围内最常见的潜在室内变应原和诱发哮喘的主要原因。引起变态反应的螨类以屋尘螨及粉尘螨最常见。其个体极微小，需借助显微镜才能看到。尘螨适合生活在温暖潮湿的环境（如南方），生长的环境温度在22℃—26℃，相对湿度大于55%，其繁殖季节以6—10月最为旺盛。但北方的冬天，因为室内均有暖气，也为尘螨的滋生提供了一定条件。

当前消灭尘螨的主要手段以物理方法为主，包括加热、冷冻、高压蒸气、紫外线照射（40℃环境下暴露24小时可将螨杀死）。

尘螨主要存在于家居卧室，尤其以床褥、沙发、地毯、衣物以及空调过滤网中多见。

在日常生活中，怎样才能避免接触尘螨？

床褥：不要使用纯毛毯及羽绒被，若无法避免，最好用防螨罩（套）或纯棉的被单套上，被单亦应用热水（55℃以上）勤换洗，阳光暴晒。

枕头：不要使用羽毛、绒毛或木棉等作为枕芯，可选用其他合成材料，应用防螨罩（套），并保证每年至少更换一次枕芯。

床垫：应经常晾晒以保持干燥。

地板：不要使用地毯，应选用木质地板、瓷砖或磨石地砖。

房间：要定期打扫，真空吸尘器及空调的过滤网应经常清洗或更换。

玩具：毛绒玩具容易成为尘螨的滋生地，尽量不要在家中摆放。

室内装饰：居室内不应布置纯装饰用的家具或结构复杂的壁挂，尽量采用容易清洗的家具。表面平滑并方便清洗的纯棉窗帘较百叶窗或厚重的窗帘更合适，窗帘要经常清洗。

宠物：切勿让宠物进入卧室，宠物本身的皮毛也是尘螨的安居地。

湿度调节：卧室应避免潮湿，将相对湿度降低至45%以下，是减少尘螨的有效方法之一，天晴时应将门窗打开通风。

哮喘儿童能运动吗？运动是否会诱发哮喘？

运动诱发哮喘的原因：运动诱发哮喘是气道过敏的一种表现。主要是过敏的儿童容易有运动后咳嗽，因为剧烈运动可导致过度换气，使气道热损失过多，气道内环境变冷，诱导肥大细胞释放炎性介质并导致气道炎症。

了解运动诱发哮喘的原因后，我们针对原因做好以下几方面就可以避免运动后喘咳。

1. 长期并规范地使用哮喘控制药物。哮喘得到控制，哮喘儿童完全可以参加适度的运动，且适度的运动后不感到疲倦。

2. 在冬天，对冷空气过敏的患儿可以做好保暖、呼吸道防护措施，例如戴好口罩再进行室外运动。

3. 夏天花粉多的季节及空气污染严重的时候，也是哮喘患儿发病的季节，为了避免哮喘发作，在长期哮喘药物控制的同时，要查过敏原，避免与过敏原接触，防止过敏性鼻炎、过敏性哮喘的发作。如果患儿花粉过敏严重，在室外运动时，尽量避开花草多的地方或选择在室内运动。





4.感冒的时候，注意休息，限制运动。感染也是诱发哮喘的重要因素。

迄今为之，CAAPP已经举办三届哮喘儿童运动会，运动员均为目前仍在治疗的哮喘儿童，每年平均有30位左右的患儿参加，运动项目有跑步、跳绳、骑自行车、轮滑、游泳等，无一例哮喘儿童在运动会期间或运动会刚结束后哮喘发作。事实证明，哮喘儿童在规范阶梯治疗后，可以运动，并可以因此强健体魄，增强抵抗力，适当的运动还可以改善肺功能。

最后，与会专家呼吁："不要让哮喘儿童变成笼中鸟，回归大自然，自由呼吸！"

杨帆觉得"自由呼吸"说得太恰当了。普通人根本不会在意呼吸，只有哮喘患者才能深切体会"自由呼吸"的珍贵。

杨帆想起一个佛经故事。

佛陀问众弟子，一个人的生命有多长。一个说，数十年；一个说几天；一个说一顿饭工夫。佛听了摇头，说你们还未悟出生命的真谛。这时一个弟子说，生命在呼吸之间。佛陀露出笑容，说，很好，你说出了真相，生命即呼吸，呼吸即生命。

表面上看，呼吸停止，生命结束，呼吸代表了生命。另一方面，生命在呼吸之间，亦说明人生短暂，只有悟出人生真谛，才算活过一回。呼吸急促，预示着人体处于精神和体能的紧张状态，呼吸平稳、悠长，代表人体处于放松状态。一个人越健康，他的呼吸越长久。运动时，心脏、肺在高强度地工作着，心肺功能得到加强。职业运动员每分钟的心跳和呼吸次数大大低于常人，但输送养分和氧气量却超出常人数倍。

"生命在呼吸之间""自由呼吸"，杨帆越想越觉得其中大有深意。

# 浴火重生

## 1

老陆放下《消费周报》，慌慌张张拉开抽屉，从里面拿出一个小纸包。小纸包裹了好几层，老陆戴上老花镜，乱手乱脚地捏出一支细小的东西，凑到眼前端详了一阵子，又去拿报纸，差点打翻纸包。

按照报纸上介绍的鉴定方法，老陆弄了一阵子后，心里恍惚了："难道是假的？"

在卧室躺着的老伴老田问："老陆，你折腾啥呢？"老田的声音很虚弱。

"你躺着吧，我没折腾啥，就是没事收拾收拾乱七八糟的东西。"老陆掩饰说。

"你会收拾啥，还不是越收拾越乱。等我有精神头了再收拾吧。"

老陆把那支小东西塞回纸包，又放进抽屉的最深处，关好。他定了定神，走进卧室。

"你感觉好点了吗？"

老田刚要说话，却不由自主地咳嗽起来，老陆慌忙拿药递水，老田摆摆手，过了半晌，渐渐平静下来，不咳了。

黄昏时分，老陆买菜回来遇见老街坊。老街坊打完招呼，问："老嫂子咋样？好点没？"

"还是老样子。我在医院听别人说冬虫夏草那东西挺补身子的，就琢磨着给你嫂子买点。忒贵了，我只买了半斤，今儿个看报纸，说那东西假的多。我照着报纸上的鉴定方法，鉴定了一下，老觉得不对劲。”

“你在哪儿买的？是大药房啊还是街头小店？”

“都不是，我是在报纸上看到一家医药公司的广告，价钱比国营药店便宜多了，寄钱过去买的。”

“嘿，我说老哥哥，你太糊涂了，光顾着便宜，便宜没好货呀，那种公司都是骗人的。你买这么贵的东西怎么不去正规药店呀？”

老陆一听，脸“刷”地白了。

街坊一看，忙安慰说：“不就是半斤吗？只当花钱买教训了。”

老陆，不，那时该叫小陆，按现在的说法，小陆是个文艺青年，喜欢读书，看电影看话剧。小陆偏偏喜欢林妹妹这种类型的姑娘，他经常哼着“天上掉下个林妹妹”。经过不懈地追求，小陆得偿所愿，把弱不禁风的“林妹妹”小田娶到家。

虽然小田不是这毛病就是那毛病的，小陆变成老陆这么长时间里，却很少抱怨。他觉得这就是命，既然命中注定自己要娶一个多病的妻子，那就该好生照顾着。另外，他信奉好人有好报。他不再哼唱“天上掉下个林妹妹”，改唱“好人一生平安”了。

老陆心情沮丧地回到家，先把菜放到厨房，随后做贼似的溜进屋里，把那包“冬虫夏草”扔了。

老陆问：“明儿个咱孙子来，咱们是到外面吃，还是在家里吃？”

老田说：“你看着办吧。”

老陆转身又进了厨房，说：“那咱们晚上吃什么？我买了青笋、茄子，还有圆白菜。”

“你看着办吧。”

“别呀，你想吃啥我就做啥。”

“我没胃口。”

“那先吃点葡萄吧，玫瑰香，甜中带酸，你不是最喜欢吃吗？”

“我没兴趣。唉，孙子明天来，我八成看不到孙子娶媳妇的那一天了。”

“说什么呢你。”老陆端着葡萄走进卧室，“孙子明年就满十岁了，你才六十出头，怎么看不见娶孙媳妇？先吃点葡萄。”

老田支撑着坐起来，愁云满面，长长吸了一口气，说：“我这把老骨头，活动稍微大一点就受不了，还能活多久？这些年给家里添了多少麻烦，还不如早死早托生，你们也好省心。”

老陆说：“越说越不像话了，当初让你办病退，你不干，要不也不至于像现在这么严重。”

老田说：“我的病也不是累出来的。我看都是被你整的那些偏方吃出来的。”

老田歇了一口气儿，接着说：“我都服了，你从哪儿个耗子窟窿里淘来的呢？”

老陆说：“得，我不和你争了，我做饭去了，你吃点葡萄啊。”

## 2

燕大第一附属医院。呼吸科池主任递给前来采访的杨帆一沓照片：“杨记者，这是我的一个病人给我寄来的照片和明信片，你能看出她曾经是一个哮喘重度患者吗？”

杨帆仔细翻看着。照片上是一个头发有些花白的老太太，年纪大概 60 岁上下，笑得很开心、很健康。背景有华灯初上的城市，有青山绿水的风景区，还有几张居然是在“鸟巢”，老太太穿着奥运会志愿者服装，手里拿着小旗，正在为游客服务。明信片的地址遍布祖国各地，还有宝岛台湾的。

杨帆说：“这个老太太我看着比我还有精神头儿，到处旅游呢。她哮喘控制得这么好？”

池大夫指指其中一张明信片，说："你看看这张。"

明信片来自台湾高雄，上面的楷书，一笔一划，能看出书写人的认真和兴致来：

池大夫您好！我能走出家门，能去向往的地方，还得谢谢您呀！您给我治好了病。我现在深刻地体会到，经过规范治疗，哮喘病人能和正常人一样地生活。这次赴台旅游，我是旅游团最开心的人。今天是"三八"妇女节，祝池大夫节日快乐！万事如意！

池大夫说："这是几年前的 3 月 8 日这个病人发给我的明信片。她有将近 30 年的哮喘病史，现在却满世界跑，还做过 08 年北京奥运会的志愿者呢。她这个人，最大的优点是好学，对自己的病很上心，自学了不少哮喘知识，快成半拉大夫了。"

"30 年，可真不短。"

"还有比她更长的。我碰见过很多病史在十年以上的患者，还有母子俩、父子俩、奶奶和孙子、爷爷和孙女都是哮喘的病例。"

"像这类病人是不是很不好治？"

"并不是像你想的那样，病史越长越难治。当然了，任何疾病都与患者本身的体质、免疫能力有很大关系，但哮喘的重点不在这儿。你别看他们动辄 10 年、20 年的病史，其实确诊为哮喘大多是最近的事，也就是说，把它作为哮喘来医治的时间可能并不长。最初的一些年通常是被误诊了。很多患者本身出于各种顾虑，经常不按照大夫要求规范用药，影响了对哮喘的控制。"

池大夫停顿了一会儿，说："咱们国家对哮喘认识和科学治疗的历史也不长，有很多患者被确诊为哮喘，也未能得到有效的控制，以前的治疗，只是在患者哮喘犯了的时候静脉输入氨茶碱、激素类药物，效果不好，副作用还大，不过这都是老皇历了。现在主要用吸入激素一类的药物，不仅效果很好，而且副作用也很小。"

杨帆问：“这个病人哮喘病史小30年，是不是也经历了一些曲折？”

池大夫说：“岂止一些，这个病人的经历给我触动很大，她姓田。”

## 3

小田并不是天生那种“林妹妹”形象，相反，她倒和“孙二娘”的性格更像，凡事不甘人后，作风泼辣，男同志也要让她三分。

小田是工人家庭孩子，父亲在一家规模很大的毛纺厂做维修工，退休后，她接了父亲的班，做了纺织女工。小田工作肯吃苦，上班第一年就被评为先进个人。毛纺厂组织大会战时，她所在的车间夺了第一名。

有一年夏天，厂子为职工搞福利，集体外出旅游。小田在野外接触了一种不知名的野花，当时就感到鼻子又酸又痒，不断打喷嚏。打那以后就奇怪地对花粉过敏了。一开始只是鼻子不舒服，打喷嚏，并没其他不适，在厂卫生所用了一些药，效果不明显。

后来渐渐严重，到医院五官科一看，过敏性鼻炎。经过做皮试、查过敏原、打脱敏针，病情得到了一定程度的控制。

说实话，小田对此有点掉以轻心，以为啥都不耽误，再加上生产任务比较重，治疗也就时断时续。

就在小田患上鼻炎的年底，厂子从澳大利亚进口了一批优质羊毛，小田一接触这批羊毛就感到鼻子非常不适，嗓子眼发痒，但她没吭声，硬挺着工作，没想到没到下班时间就无法再坚持了，眼睛也过敏了，红肿、流泪不止，纺织机都看不清了，更别提高速运转的飞梭了。

治疗、休息几天后，小田仍然适应不了这批羊毛，只好临时抽调到别的车间。但鼻炎从此变本加厉，总有擤不净的鼻涕，擦不完的眼泪，脑袋更是整天昏昏沉沉，很难集中精神。医生说，这是因为鼻塞造成呼吸不畅，大脑供氧不足，所以感觉头脑不清晰，总想睡觉。

当时的纺织机远远没有像现在的机器那么先进，要求操作女工必须细致，注意力高度集中，否则成品率会大大降低。小田的工作质量和数量急剧下降，厂领导从工作和关心职工身体健康着想，让小田病休了几个月。

小田上班后，那批澳大利亚羊毛的活儿早就完了，小田的身体却没有多大起色。工友发现，重新上班的小田跟换了个人似地，从前有说有笑，哪儿有事哪儿到，现在沉默寡言，只闷头干自己的活儿，身手也不如以前那么麻利了。

但也有好事一桩。在小田病休期间，小陆从外厂调来了。见到小田他一眼就相中了小田。先是让车间主任当红娘，被小田婉拒。小陆不死心，一边找机会在小田身边黏糊，一边找到工会的老大姐说合。工会老大姐多有经验啊，她知道小田的脾气，绕过小田，直接找到小田父母。

在各方面的撮合下，小田同意和小陆正式处对象了。其实她对小陆印象不错，只是小田一来不想这么早解决个人问题，二来她身体不好，有些自卑。小陆不知道小田的心思，以为她没看上自己，一听说小田同意了，那是鞍前马后地小心伺候着，想尽法子地哄着小田高兴。俩人处了一段时间，小田觉得小陆是真心对自己好，架不住双方父母也催，工友们整天拿他俩开玩笑，当年“十一”就和小陆结婚了。

婚后俩人如漆似胶，小田的鼻炎也似乎好多了。

第二年“十一”，小陆想在饭店包一桌，庆祝结婚一周年，小田说那太浪费了，也别说庆祝结婚一周年了，把双方老人请过来，热闹热闹，就在家吃得了。小陆想了想，也同意了。

开饭时小田却皱了眉头：“这么大膻味，你做的啥呀？”

“炖羊排呀，我特意买的，很新鲜。”

这时老丈母娘开口了：“小田打小就不喜欢牛羊肉，基本不吃的。”

老丈人对两位亲家说：“都是我们惯坏了，让你们见笑了。”

婆婆说：“不爱吃就不吃，小田你吃点别的。”

老丈人说：“少吃点，牛羊肉很有营养。小田你如今是人家的儿媳妇了，不能依着性子来，都多大了，还挑食。”

小陆分别给四位老人倒上酒，又夹了羊排，对小田说：“那就少吃点，慢慢你就会喜欢上了。我最喜欢吃羊肉了，每年夏天，不吃点羊肉串，都不知道有夏天这回事。”

丈母娘也说：“吃点吧，看小陆对你多好。”

小田不想扫大家的兴，勉强吃了一点。大家热热闹闹地吃完了饭，聊了一阵子天，四位老人告辞走了。

小陆兴致很好，打开录音机放着流行歌，收拾桌子，刷洗碗筷，小田半天没动静。

“晚上去看电影怎么样？”小陆在厨房里问，“最近听说有很多好电影，咱们挺长时间没看电影了。”

小陆说了一会儿，小田还是没动静。

小陆探头往客厅一看，小田斜靠在沙发上，胸口剧烈起伏，欢快的歌声中，她的嘴张得大大的，表情十分难受。

“这是咋地了？”小陆跑过来，手里洗碗的抹布滴滴答答掉了一地水。

“我喘不过气……喊你，你听不见……”

其实不是小陆听不见，是小田的喊声太低了。

电影院没去成，去了医院急诊，小田被诊断为哮喘急性发作，静脉注射地塞米松。

“也没接触啥过敏原啊？咋犯了呢？”小陆迷惑不解。他把家里的花早就送人了，只有一些不开花的绿植。小田的衣服、被褥都是化纤的，含有棉毛成分的一律不用。小陆哪里想到，都是羊肉惹的祸！小田对羊肉过敏。但这查出来都是以后的事了。

从那儿以后，每年在立秋的前几天，或者天气转凉，小田就开始打喷嚏、流鼻涕、眼痒，然后就是哮喘发作，只能去医院打强的松“点滴”，效果却不好，哮喘该犯还犯。

小田病情一直没有缓解，每天都喘。上班是三天打鱼两天晒网，年纪轻轻的，成了单位出名的“老病号”。

结婚第三年，小田不顾家人反对，执意要了孩子。其实这之前，小田怀过两次，小陆和小田原打算等病好了再要孩子，他俩担心哮喘，以及长时间的用药会影响孩子。但这次医生告知，多次人流对母体损害大，闹不好会造成不孕，所以小田坚持保胎。还好，孩子平安降生，是个男孩。小陆加上四位老人，轮流上阵照顾，小田产后恢复挺快，哮喘也没怎么发作，看样子，她的身体比有孩子前更好一些，体重也增加了十多斤。

谁也没料到，孩子三个月大时，小田一生中最严重的一次哮喘发作了。她感觉呼吸困难，胸口憋闷，一步也走不动了。使尽全身力量喘上来一口气，带着刺耳的哨声。随后全身发紫，不省人事。

医院诊断为支气管哮喘、肺气肿，心肺衰竭。经过一整天的抢救，到了晚上才苏醒。

小田醒过来第一句话，就是问：“孩子呢？”

小陆说：“在奶奶家，你放心吧。”他没敢告诉小田，孩子因为没有奶吃，哭了一天。

“你可把全家人都吓坏了，没想到哮喘还能要命啊！”

小陆告诉小田，这是哮喘严重导致心肺功能下降，最后呼吸衰竭。他把病危通知书揣在兜里，没有和小田说“病危”这两个字。

小田顾不上考虑自己的病情：“我得回去，给宝宝喂奶。”

小陆说：“给宝宝买了奶粉，饿不着他。”

小田放心不下，哭着喊着非要出院回家。小陆无奈，找来主治医生，医生的意思是，如果一定要喂孩子，就把孩子抱到住院部来吧，像小田这种病情严重的患者，是绝对不允许出院的。

最后孩子是抱来了，小田的奶水却少得可怜。孩子吃了一天的奶粉，现在吃到母乳却吃不饱，嗷嗷大哭。小田也跟着哭。

小陆说：“我说不让宝宝来吧，这下好，哭得更厉害了。”

奶奶偷摸捅了小陆一把，暗示他不要说话。

奶奶说："小田啊，你别哭了，会上火的。你看，你的奶水本来就很少，得了病，心里再着急，你上火，奶水就有火，宝宝吃了也不好。"

医生也说患者生病，心理焦虑的话，能影响内分泌平衡，导致奶水减少，甚至没有。医生让小陆多做小田的思想工作，放下包袱，配合医生治疗，这样对大人孩子都有好处。

道理都是说给别人听的，何况小陆心里比谁都着急。说了半天大道理，小田仍是忧心忡忡。小陆奶奶把孩子抱走，医院啥人都有，那么小的孩子不宜长待。第二天奶奶带着孩子来，小田竟然一滴奶水都没有了。奶奶情急之下，说了一点不好听的话，小田又急又羞，哭喊着要跳楼。小陆拦着，劝着，一边使眼色，催老太太快走。

医生闻讯过来，警告小田，这么情绪激动，不光是影响其他病人，而且很有可能造成哮喘再次发作。医生半是劝说半是"威胁"的话起了作用，小田渐渐平静了。

一个月后，小田出院。但哮喘的根儿扎在小田身上不走了。

一天晚饭后，小陆忙碌家务，小田因为心情烦闷，独自一个人出去散心。说是散心，可小田心里充斥着大量想法。以小田缓慢的行走速度，居然在胡思乱想中走到了离家数十里之外的地方。

天慢慢阴沉，起风了，下了小雨，气温变得很凉。小田浑然不觉，哮喘改变了她的人生。她痛恨自己为什么会得这种病，为什么没有一种特效药。因宝宝出生而一度振奋的心情，仿佛被这场悄然来临的小雨浇灭了。

等到小田发觉很冷时，天色已经擦黑了，街上行人稀少，出租车根本打不到。那个时候，俗称"大哥大"的手机根本不是普通人家用的玩意儿，小田也没有 BP 机。小陆在楼下左等也不回来右等也不回来，急得团团转。

因为着凉感冒，小田当晚又一次哮喘急性发作，住进了一家部队医院。每日三次静脉输入大剂量的激素——甲强龙，同时还服用强的松。在大剂量激素的作用下，小田的病情很快得到控制。

孩子从襁褓中，到牙牙学语学走路，再到上学这期间，小田的病陷入一个跳不出的大坑。哮喘发作、抢救、缓解；再发作、再抢救、再一次缓解。这种反复发病的情况小田遭遇了好几次，病危通知书家里也接到过好几回。

单位对小田很照顾，考虑到小田两口子都在厂子里上班，应小陆的要求，破例答应小田带全薪休病假。小陆劝小田说："干脆办病退吧，我一人儿的工资还能养活全家。"

小田一听，大发脾气，大口喘了一口气，说："我不办！我刚四十，凭什么办病退？"

小陆说："你的班，上上停停，给厂子添麻烦不说，对你养病也不利。医生说了，三分治七分养。你就在家好好养病行不行？我下了班就回家陪你。"

小田说："谁稀罕你陪，我也不是废人，你别说了，班我是上定了。"

小陆犹豫了一下，说："小田呀，我和你说实话吧，这也是厂里的意见，副厂长找我了，说你上班的话，不好安排工作，安排到哪个工组都会拖后腿。"

小田大怒："是哪个副厂长说的？我找他去，我是赶不上生产能手，但也绝不会拖工组的后腿！"

小陆见此情景，明白自己说服不了她了，也不愿惹小田生气，更怕她犯病，躲到厨房里忙活去了。

小田想起刚上班那会儿，干劲十足，浑身有使不完的劲儿，如今竟落得拖后腿的地步，不由黯然神伤，掉下泪来。

吃饭时，俩人低头划拉饭菜，谁也没说话，小田知道自己不讲理，又拉不下脸向丈夫道歉，气氛很沉闷。

常年求医问药，无形中小陆、小田把各大医院都弄了个门儿清，闭眼都能从家找过去。那个时候治哮喘，各个医院用的药都差不离。每次急救必用大量激素。虽然把小田给抢救回来了，但同时也造成严重的后果——她的骨质变得异常疏松。鱼肝油、钙片、大棒骨之类的东西没少吃，经常晒太阳，可也挡不住激素带来的副作用。

有一次小陆陪小田遛弯，不，这时该称为老陆老田了。老田走累了就在休息椅上坐下。公园里的那个长椅是塑料的，特别硬，老田坐猛了，屁股挨到椅子的瞬间，大叫一声，声音痛苦。旁人纷纷注目。

“怎么了？哪儿不舒服？”老陆一把扶住老田马上栽倒的身子。

“哎哟……我尾椎骨疼得要命。”老田呻吟着。

“你忍着点，我陪你上医院。”

在好心人的帮助下，连搀带扶地把老田他们挪出公园门，打车去了医院。一拍片子，竟然尾椎骨骨裂。骨科大夫询问了情况，皱眉说：“你这个骨密度怎么这么差？快赶上七老八十的人了，赶紧补充钙质吧。”

实际上，老田不光是骨质疏松，长期大量使用激素，她的胃、肝都受到严重损伤，为此还在肝病医院住过一段时间。

住院期间有病友告诉老陆，哮喘病人可以经常服用冬虫夏草，不仅能增强体质，而且对疾病的康复有好处。老田一听药材的价格，马上摇头，老陆背着她花了几千元买来了虫草。每天除了输液，老陆都逼着她服用虫草。“钱都花了，人家不会给退的，你不吃这钱就白打水漂了。”老陆说。虫草服用完了，老田感觉效果比打水漂强不了多少，老陆嘴上强硬，说肯定有效果，不过需要等一段时间才会出来，暗地里灰心丧气，再也不提虫草的事了。

老陆为了老田顺利度过更年期，提前买了很多有关的保健书让老田看，他自己也看。为了不负老陆一片苦心，老田看了，却没啥作用。

老田进入更年期后，脾气开始变得暴躁，总因为鸡毛蒜皮的小事和老陆吵架，老陆尽量迁就着她。

每次老陆劝老田放松心态，配合医生好好治疗，老田没精神时不理他，有点精神时就说老陆站着说话不腰疼，冲老陆发脾气：“你不知道哮喘发作时，多难受，气管痉挛了，拧在一起，好像在炸麻花。我的两个肺都提扎起来了！”



老田身体各方面也都开始出现不良状况，血压高、心率快，哮喘病也开始频繁，而且一次比一次犯得厉害，全靠静脉输入激素来控制哮喘。

老田被病“拿”得连路都走不了，只能扶着墙，一步一步地挪。话都说不出来，站在那里腿直打颤。到了晚上，躺下就开始咳嗽，完全不能入睡，只能勉强坐着迷瞪一会儿，因为难受睡不着，瞪着眼睛看着天慢慢亮起来的时候也很多。

有时看着身边因操劳而睡得很香的老陆，老田很内疚，觉得老陆娶了她，没得到多少幸福，尽操心她的病了。唯一可安慰自己的是，给重男轻女的老陆生了个儿子。想着儿子刚刚成年，父母双亲年事已高，身体也不是太好，老田心里就一阵阵发酸，愈发觉得他们身体不好有一半是因为自己的病造成的。

渐渐地，老田对治好哮喘已经不抱任何希望，对生活失去了信心。她想，自己这辈子大概只能就这样子了吧，却不愿让家人过多担忧，眼泪只能忍着往肚子里咽。

老田的情绪越来越坏，她不仅对自己厌烦透了，还时常对老伴发脾气。有时还破罐子破摔，把老陆捧上来的药和水摔在地上。

老田甚至一度出现轻生的念头，她逼着老陆给她买墓地。后来老田因此夸自己高瞻远瞩：“买对了，现在可贵多了。”

**4**

老陆四处打听哪家医院擅长治疗哮喘。老田的意见是，年轻时都没去根儿，现在岁数大了，更不好治了，不花那冤枉钱了。老陆置若罔闻。

大概在 2000 年初，老田在老陆的坚持下，去了两家大医院的呼吸科看病。医生采用了新的吸入法治疗哮喘。

在其中一家医院医生的指导下，老田用上了舒利迭和万托林。用药两个月后，效果挺好，但嗓子很不舒服，干痛难忍，几乎说不出话来。“怎么哮喘刚见好，反倒添了新毛病？”

老田又去了耳鼻喉科做喉镜。医生诊断她患有喉炎，让她静音三个月并建议停用吸入药物。呼吸科的医生也没更好的办法，于是停了前面两种药。每当哮喘犯病时，医生给她用一种长效激素——得宝松。开始每月打一针，后来是每隔 20 天打一针。如此嗓子略有好转。

有一天，老陆看老田身体和精神尚可，就试探着说：“一个街坊告诉我，燕大一院呼吸科治疗哮喘很有名气，要不咱们去试试。”

老田立马一口回绝。

老陆又搬出了老一套，打电话让孩子回来，还把老丈母娘请来，一家人齐上阵，劝老田去看看。

老田只好同意，但提出了条件：“要是这回还没啥效果，你们以后要是再劝我去医院，我就跳楼。”

老田当时说这话，有一半是认真的。常年治疗，没有得到相应的回报，她灰心了。

“身体如此遭罪，给家人带来精神上和经济上沉重的负担，还不如一死百了，落得大家清净。”当然这话老田不能和家人说起，可她的确是这么想的。

老田什么都想到了，却没想到这次求治，她的哮喘终于有了真正的转机。

池大夫给她进行了全面的身体检查：查过敏原、验血、查肺功能，终于查出了诱发她哮喘的病因。原来，老田对羊肉、花粉、虾、猫与狗等动物的毛发严重过敏。

池大夫根据她的病情制定了治疗方案，用奥克斯都保和辅舒酮气雾剂进行吸入治疗，同时进行脱敏治疗。

诊治期间，池大夫敏感地发现老田情绪低落，于是开始劝她："老伴关心，孩子孝顺，有什么想不开的？"

"你的病，我不敢说一定能治好，但只要你按照咱们制定的方案去做，哮喘绝对能得到有效控制。"

池大夫叮嘱老田，在治疗期间，有什么不适就及时和她沟通，并要老田每日做哮喘记录——"你不记录可不行，我和你老伴说好了，让他监督你。"——喷药后认真用淡盐水漱口。她还劝老田在身体允许的条件下，适当加强运动，增强体质。

在池大夫的治疗下，老田真的开始好转了。哮喘发作次数和程度都开始减少减轻。

在自我感觉身体状况良好时，老田和老陆去公园慢走，或者做做简单的体操，呼吸大自然的新鲜空气。还坚持每日晚饭后到小区绿化好的地方散步。

这期间，老田听从池大夫的建议，开始记哮喘日记，把日记当成和吃饭、用药一样重要的事情对待。每天使用吸入药物的次数，哮喘发作了几次，每次都是何种程度，峰流速仪的数值等等，全都记录在案。老田还特意记录了自己的心情感受，池大夫专门为此夸奖了老田。

老田悄悄和老陆说："池大夫夸我，搞得我这个老太婆不好意思！"

治疗卓有成效，老田自然恢复了信心。此后十年，她坚持治疗，她在哮喘日记里写道："那是满含着毅力与决心长跑的十年。这十年里，我一直坚持听医生的话，遵照医嘱，按时用药，定期复查。"

"在池大夫的精心治疗下，在家人的照顾和自己的努力下，我的哮喘已经得到有效控制。有时因感冒出现不适，吃点药也就好了，不会再引发哮喘。"

"我的肺功能全面改善，肺活量由原来只有正常人的三分之一变为与正常人一样，鼻炎、肺气肿也不见了。"

"从池大夫给我看病之后，这么多年，我都没有因哮喘看过急诊、也没有因为哮喘住过院。正如池大夫说的那样，我赢回了健康！"

那年春节，老陆激动地对老田说：“老伴啊，你真是凤凰涅槃，浴火重生！”话说老陆已经有年头没说过这种文绉绉的话了。

## 5

老陆和老田曾大为不解，为什么以前在其他医院治疗效果不好呢？

池大夫解释说，其中原因很复杂。医学界对哮喘的认识与治疗方法也是逐渐摸索出来的。一开始使用强的松口服或者静脉用激素类药物，虽然有一定效果，但是长期使用副作用很大，如骨质疏松、骨折、糖尿病、高血压等等。而通过吸入激素治疗哮喘，吸入的剂量小，药物直接用在病灶上，并且药物进入血液循环里的比例很低，很少发生副作用，非常安全。哮喘一旦得到良好控制，身体其他机能也就慢慢随之恢复。

“但是切记一定要坚持治疗，不能随意停药！”池大夫叮嘱说。

# “豪斯”医生在中国





**1**

一栋居民楼里，一位白发苍苍的老人在室内来回走动，眼睛在观察着各个角落，似乎在寻找什么。一对年轻夫妇跟着老人，显得很紧张。

被褥、花草、厨房的角落，都看了，甚至家具，老人也要凑上去闻闻。如果老人再戴上白手套，拿上放大镜，俨然就是一位勘查现场的刑侦专家。

客厅、阳台、卧室、厨房，都查过了，看老人的神态，表明没有有价值的发现。

老人最后来到卫生间。

卫生间和其他房间一样，收拾得很洁净。瓷砖墙地面擦得铮明瓦亮，马桶也很干净。老人对敞开的马桶盖皱了皱眉眉头，问夫妇俩：“平时你们几天清洗一次马桶？”

“一般一周一两次吧。”

“最好三天就彻底清洗一次。还有就是记得平时不用时最好把马桶盖盖好。你们把洗衣机挪开。”

洗衣机挪开了，放洗衣机的位置明显形成一个方形污渍的痕迹。

老人蹲下，观察了一会儿，说：“这都是卫生死角，应该定期打扫。不过这个不是关键。”

老人走到浴盆前，伸手摸了一把浴盆的外侧，手上并没有粘上什么东西。她扶着浴盆沿儿，慢慢俯下身，仔细看着浴盆和墙角的结合部。

忽然眼睛一亮，指着那儿的缝隙说："这才是罪魁祸首！你们过来看看。"

夫妇俩也蹲下来，顺着老人手指的方向看去，那地方有数块不起眼的灰色斑块，也就几厘米见方大小。

接下来，老人又在垃圾桶的后面发现了几块相同的斑块。

老人说："这就是引发思思哮喘的根本原因。"

医生查病查到患者家里来了？难道是中国版《豪斯医生》真实上演了？

## 2

思思进家第一件事既不是喊妈妈也不是找爸爸，而是大叫："巴屁！"话音未落，只见一个黑白色的猫咪亲热地扑过去，或围着思思乱转，或蹭着思思裤腿，同时发出呼噜呼噜的声音。思思蹲下来，亲昵地抚摸着巴屁。

李媛说："在动物园还没玩够啊？回家就逗巴屁。"

思思说："妈妈，我在动物园领养了一只小梅花鹿，你说给它起个什么好听的名字呢？"

"咋回事？你领养了一只梅花鹿？"

"是呀，姥姥给我领养的。"

思思特别喜欢小动物，李媛给她买了很多布绒动物玩具，她也特别爱听她爸爸讲小动物的故事。有一段时间，思思隔三岔五就嚷着去姥姥家，因为姥姥家离动物园很近，她可以跟随姥姥、姥爷逛动物园。

园中有个特色去处，在那里可以花钱临时领养小动物，给小动物喂食，跟它玩。这下思思高兴坏了，她成了那里的常客。姥姥家有个大花猫，巴屁就是它生的。姥姥说思思喂养小动物很好，和小动物做朋友，能培养小孩子的爱心。这点全家人没有异议，书上也是这么写的，哪知后来却因此掀起了天大的风波。

话说思思看见妈妈老问些别的事，却不回答梅花鹿起名的问题，有点不高兴。

钟伟闻声从沙发上站起，伸了个懒腰，说:“也叫巴屁吧。”

思思噘嘴，说:“不、好、听！再说了，巴屁是猫咪的名字，小鹿怎么能和猫咪叫一个名字呢？”

思思说完，抱起巴屁，小跑着回到自己房间，边跑边说:“我自己想名字，不用你。爸爸捣乱！”

钟伟大笑。李媛说:“喂，我刚才听着思思好像咳嗽了声，不会着凉了吧？”

钟伟说:“没事。可能是跑急了。”

思思在屋里和巴屁说:“巴屁呀，你这个名字就不好听，就怪姥姥不给起好听的名字。”

原来，姥姥昵称思思是小屁孩，这只猫咪整天跟在思思屁股后黏糊，姥姥就叫它“思思的小巴结，思思的跟屁虫”，叫来叫去地就演变成“巴屁”了。

这时思思忽然接连打了好几个喷嚏。俩人跑到思思房间一看，思思和巴屁在床上玩得正欢呢。思思流了一些清鼻涕，她却浑然不知。

李媛为思思擦掉鼻涕，摸摸额头，不热。李媛有些担心，说:“过些天咱们就去新疆了，现在真怕孩子身体不舒服。”

钟伟也摸摸思思的额头，说:“没发烧，要是真感冒了，咱们就不去了。”

“不嘛，我要去新疆大草原！”思思一听就不干了，“我还要和小绵羊、大奶牛照相呢！”

“这孩子，见到动物没命！怎么就这么喜欢动物呢。”李媛说，“好，好，咱们去。那思思可要格外乖啊，不准感冒不准流鼻涕打喷嚏。”

思思大声答应:“我一定不感冒不流鼻涕打喷嚏！”话音未落，又打了一个大大的喷嚏。

一家三口都笑了，巴屁在旁边也喵呜喵呜地叫。

笑归笑，李媛心里总是有点不太踏实。

李媛怀思思时，小家伙很淘气，总是伸胳膊踢腿的。钟伟说这是孩子健康的表现。预产期前B超检查，孩子在宫内位置很好，谁知道生产时她不老实，胎位一下子就不正了，脐带绕颈两周半。出生时重度窒息，阿氏评分0分，经抢救后，才变为一分钟10分。0分代表婴儿没有心跳没有呼吸。这说明思思在出生的第一分钟内，面临着生死考验。虽然她对当时的这一切没有丝毫记忆，钟伟全家人当时心情紧张到何种程度可想而知。李媛当时也不知道，后来钟伟告诉她："你妈当时脸都白了，站都站不稳了。"

李媛说："就你心大，没事。"

钟伟说："什么呀就我心大。当时我也懵了，但我不能表现出来呀，我得去安慰老太太老爷子他俩。我要傻了，俩老大指不定啥样呢！"

李媛产后很弱。她做姑娘时是"苗条淑女"，结婚后也没胖起来。李媛没有母乳，在月子里拼命吃，猪蹄鲫鱼等等，什么下奶吃什么，包括一些中草药，也没多大效果，万般无奈下只好用奶粉喂思思。

好在思思顺利地长大，今年已经四岁了。小姑娘整天蹦蹦跳跳，很健康。不过最近一段时间，李媛发现她睡前总要低声咳嗽一阵子，睡着了也不老实，爱揉鼻子。经过观察，思思呼吸有些不畅，白天偶尔打喷嚏，晚上有时候会鼻塞，或者流鼻涕。但李媛给她测过多次体温，根本不热。

李媛想不明白，问钟伟。钟伟对此不以为然："没啥事，小孩子淘气嘛，有时玩狠了，咳嗽两声没关系。"

李媛不满意丈夫的回答，但思思除了这点毛病，一切都正常，她也没再说什么。

### 3

"我们新疆好地方，天山南北好牧场。"开往新疆的车上，钟伟一句一句地教思思唱歌。思思出发前不高兴，她想带着巴屁一块儿去新疆，钟伟好说歹说，把巴屁寄放到了姥姥家。

去新疆旅游是早就计划好的事。思思的爷爷曾下放到新疆劳动工作，在那儿成家立业，也是在那儿生下了钟伟。钟伟的童年也留在那个风俗奇异、充满民族特色的广袤地方。自从思思的爷爷奶奶去世后，钟伟再也没回去过，算起来也有好多年了，这次故地重游，是去寻找两辈人曾经在新疆生活的影子。没想到对思思来说，新疆却是不祥之地。“也许换个地方，比如去南方，思思说不定不会发烧，也就没有后来的哮喘了。”事后钟伟很后悔。

李媛和丈夫交流时，甚至表达了这么一个隐晦的想法，她宁肯思思得一次大病，哪怕再重，但一次性就彻底治愈了，也不要像这样反复多次，孩子长时间不得安生。

“思思正是在新疆发烧，得了肺炎，后来转为哮喘。”李媛不愿意回忆当初的情景。准确地说，是“引发”而不是“转为”。思思本身就是过敏性体质，一旦有了充分的外因，就会引发哮喘。

到乌鲁木齐的头两天，思思兴高采烈，东张西望，第一次看到了那么多长相、穿戴、语言和她不一样的人。

钟伟给她讲了很多新疆少数民族的风俗习惯，小姑娘虽然并没有完全听明白，却听得津津有味。

第三天，思思就有不适的反应。钟伟以为是小孩子初来一个陌生环境，有点水土不服，过几天就没啥事了，哪想到第四天忽然发烧，服用了随身带的退烧药和感冒药都不见好，总是咳嗽，晚上睡觉呼吸加重加粗。

钟伟跑到药店买了一些药和体温计，回来给孩子一量，妈呀，快39℃了。

李媛见此情况，带着哭腔说：“这可咋办？人生地不熟的。”

钟伟说：“上医院！”

钟伟知道小孩子高烧不退，容易烧成肺炎，他不敢怠慢，从宾馆打车，在车上问清乌市的最好医院，直接赶过去。

医生诊断为喘息性支气管肺炎，在当地医院连着打了一个星期的点滴，思思的肺炎才有所好转。但一家人玩的心情没了，本打算去大草原住几天帐篷，在草原上燃篝火、吃烤全羊什么的，这下全泡汤了。

“本来是去度假，结果千里迢迢地去住院了。”钟伟无可奈何。

## 4

钟伟家住的小区地下停车场很大，以往钟伟都是先停在地面，让她们娘俩先下，再去停车。这次从新疆回来，思思患上了肺炎，钟伟心里着急，直接把车停在地下停车场。他抱着思思，约莫走了五六分钟才到地面。在停车场时，思思就开始打喷嚏。

钟伟说:“思思是不是对啥东西过敏啊？”

李媛说:“八成是停车场空气不好造成的吧。孩子刚好，可能对外界变化有些敏感反应。”

一直到后来确诊思思得了哮喘后，他们留心观察，才发现孩子在每年七八月份的潮湿季节，打喷嚏、流鼻涕的症状较多，在一些阴暗、潮湿、空气不流通的环境中也是如此，比如地下停车场。打那儿以后，钟伟和李媛从来不带孩子去那种空气不流通的场合，节假日也从不带她去公园之类人流量较大的场所。

有一天吃过早饭，思思忽然开始不停地咳嗽，之前却没有任何征兆。咳嗽引起胃部反应，思思把刚喝下的牛奶和一些食物都吐出来了，脸都咳紫了，大约有半个小时吧，怎么都止不住。

一家人马上赶到离家最近的医院，那天是周末，他们到的时候已经快中午了，没有急诊号。

钟伟跟护士急了:“你们医院怎么搞的，就是急诊号没了，也不能看着孩子咳嗽不管吧。”

小护士可能是刚参加工作，或者是来实习的，还很委屈地解释，她是按医院的规定办事，号没了就是没了，她没有权力弄出来一个。

钟伟在急诊科大喊大叫：“耽误了我闺女的病，我跟你们没完！”

这时从儿科诊室里出来一位女大夫，她说：“这里是医院，请你不要喧哗。我是儿科主任，有什么事，跟我说。”

钟伟一把抓住那位女大夫的衣袖：“主任您好，我闺女咳嗽很厉害，但现在没号了，看不成，您是主任，您给解决一下。刚才是我不对，赶快给我闺女看看吧。”

儿科主任二话没说，把思思带到她的诊室，及时给孩子看了病。

没挂上急诊号，却遇见了主任医师。钟伟冲那个小护士哼哼鼻子。

诊治过程中，王主任发现思思咳得厉害的时候有喘鸣声，她怀疑思思不是普通的肺炎。钟伟说了在新疆住院的事，新疆医院诊断为喘息性支气管肺炎。

王主任说：“我先给你开三天的药，建议你们去有呼吸专科的医院看看，我怀疑她有哮喘的可能，你们最好去第一儿童医院，那里的程教授是我的老师，她对治疗儿童哮喘有深厚造诣。”

李媛一听，心就跳到了嗓子眼儿：“主任，您说这么小的孩子得了哮喘，能治好吗？我听说哮喘很不好治。”

王主任说：“那是以前，以前哮喘这个病的确很棘手，但现在不同了，只要科学治疗，避开过敏原，是能够把哮喘控制在最小程度的。”

王主任开的药很有效，但她还是坚持让思思去程教授那儿看看。

回到家后，李媛和钟伟大吵了一架。李媛埋怨钟伟没事闲的去新疆寻什么根儿，要去自己去好了，非得拉上她们娘俩，给思思弄出一个喘息性肺炎，还疑似哮喘。

钟伟说：“你当我愿意孩子生病吗？这不是疑似吗？毕竟没有确诊。”

思思抱着巴屁，一声不吭地坐在沙发上。往常父母要是拌嘴的话，她总是冲上去，要么向着妈妈说话，要么扮演一个小法官的角色，调解双方。可是现在她没精神头儿去管了。

李媛钟伟还在争吵，思思又轻轻咳嗽起来，俩人这才停嘴，关心起孩子来。

这时快递上门，送来钟伟购买的笔记本电脑。思思对此很感兴趣，她亲手打开包装，让爸爸把电源连上，她鼓捣起电脑来，似乎忘记咳嗽这回事了。

没多久思思又咳嗽起来，咳嗽间歇时，思思说："电脑味儿不好闻，我不玩了。"

钟伟拿起电脑，闻闻，果然有一种新机器的那种味儿。

钟伟忧心忡忡："这味儿实际上并不大，我闻着没啥反应。思思一闻，就咳嗽，难道真的是过敏？"

李媛说："把电脑放到窗台上散散味儿吧。"

钟伟说："咱们还真得听王主任的话，去专科医院彻底查查。"

## 5

程教授根据思思的病情，初步判断这是儿童哮喘的典型症状，如果误作肺炎处理，必将延误病情。

程教授开列的检测结果显示，思思出现阻塞型通气功能异常，支气管舒张试验阳性，这些都证实了程教授的判断。

哮喘确诊后需进一步判定哮喘的诱因，钟伟听取了程教授的建议，给思思做了过敏原检测。通过系列检测，发现思思的多个过敏原，其中交链孢霉 6 级，猫毛发 5 级，狗毛发 3 级，屋尘 3 级。

李媛看着检测结果，愣了一会儿，悄声对钟伟说："这下难办了，思思对猫毛发过敏。"

钟伟说："先问问程教授再说吧。"

了解到家有宠物猫的情况后，程教授严肃地说："必须杜绝孩子与猫狗的接触。你们需要下个决心，立刻处理家里的小猫。"

程教授嘱咐道："必须在孩子去姥姥家之前，彻底搞一次卫生清洁，不仅仅是清理她姥姥家猫残留物，而且你自己的家也要随时保持卫生，不能有地毯之类容易培养细菌的日用品，让孩子别再玩毛绒玩具了，非玩不可的话，要勤洗，用60℃以上的高温水清洗。而且孩子盖的被褥也要只用纯棉的，要经常洗换，晒太阳。"

程教授说得具体详细，钟伟很感激。

程教授特意询问："孩子是否经常打喷嚏、流鼻涕呀？你们中有没有过敏性鼻炎啊？"

当时钟伟还纳闷，了解孩子是否有这个症状我理解，干嘛还要问父母是否有过敏性鼻炎？难道鼻炎也能遗传？

得到确切回答后，程教授说："孩子肯定有过敏性鼻炎，把鼻子控制好了，哮喘病的发作就好控制了。"

回家后钟伟上网搜索有关资料，才知道，按照当前国际最先进的哮喘治疗方案，就是过敏性鼻炎和哮喘同时治疗，先从鼻子入手，把鼻子控制住了，对哮喘的防治就会事半功倍。

遵照程教授的医嘱，李媛和钟伟坚持给孩子喷内舒拿或辅舒良等治疗过敏性鼻炎的药，每日一喷的辅舒酮气雾剂，同时口服开瑞坦，孩子的病情一直控制得很不错，做了六次肺功能检查，每次程教授看后，都显得十分高兴，说："思思的肺功能这样，真是不简单呀！"

她同时叮嘱李媛不要放松警惕，一定要坚持吸入治疗，发作时临时加量，积极治疗鼻炎，避免接触过敏原。

自从让程教授看过病以后，两年来，李媛格外注意对孩子鼻子的护理。一开始用程教授建议的办法，自己配制淡盐水，给孩子清洗鼻腔。有时忙不过来就让孩子的姥姥姥爷过来帮忙，但她担心老人家们掌握不好盐水浓度，就又去请教程教授。程教授建议他们买一种洗鼻剂外用药，说这个药对鼻子也有很好的效果。

李媛于是不定期地使用这个药给思思冲洗鼻子，尤其是在她感冒以后，就更加注意。药水每次都能把孩子鼻腔内存留的那些黄鼻涕给冲出来，之后孩子的鼻腔就通畅了，有效地减轻了呼吸道的负担，也避免了引起呼吸道和肺部的变态反应。

钟伟他们家现在经常搞室内卫生，认真清除隐藏在角落的各种粉尘，同时严格按照治疗方案用药，特别是坚持程教授倡导的以吸入治疗为主的哮喘控制手段，包括让孩子增加室外活动，坚持适当的锻炼。

但是在杜绝孩子与猫咪接触的问题上遇到了麻烦。思思本来就非常喜爱小动物，她和巴屁有了深厚的感情。不说别的，钟伟和李媛他们俩无论谁回家，巴屁最多在开门时去迎接，唯独思思，刚出电梯门，巴屁就能听出是思思回来了，早就跑到门口等着小主人。

思思听见不让她见到巴屁，要把巴屁送人，立刻就不干了，号啕大哭。这在钟伟和李媛的意料之中，他们拿出各种事先想好的办法，利诱、威胁等等，但，通通无效。没办法，钟伟只好先答应巴屁暂时不送人，还放在姥姥家养，思思才止住了哭声。

但从此再去姥姥家就比较麻烦了。姥姥、姥爷身体不太好，李媛又担心请的小保姆收拾卫生不彻底，所以每当孩子要去姥姥家时，她得提前两三个小时，先到姥姥家搞卫生。主要是清理巴屁留在家里的猫毛。可气的是，这还是只长毛猫，特别爱掉毛，尤其是快到夏天的时候，掉的特别多，而且，还有巴屁的妈妈呢！

思思到姥姥家，李媛就把巴屁母子俩关在窗户外边的铁栅栏上。

思思站在窗前，隔着玻璃和巴屁说："小巴屁呀，等思思病好了，就接你回家，到时候咱们再一起玩，好不好？"

巴屁好像听懂了似地，喵呜喵呜地回应着。

李媛也不好受，为了思思的健康，只好当作没看见。

姥姥说："看把我们思思弄得，想和巴屁玩一会儿都不成。唉，动物园今后也甭去了。"

可是小孩子自制力差。有一回思思偷摸打开窗户，把巴屁抱进来，悄悄躲进卧室。李媛他们都在客厅里聊天，等到发觉时，思思和猫咪早就玩儿翻天了。

李媛说："思思听话，让巴屁自己出去玩儿吧。"

思思紧紧抱住巴屁，生怕妈妈抢走，说："我不。"巴屁伏在思思的小胳膊里，一动不动。

李媛有些急了："思思乖，和巴屁在一起时间长了，会犯咳喘的。"

思思不为所动。

姥姥娇惯外孙女，在一旁打圆场："让思思和巴屁玩一会儿吧，我看没事。思思现在不挺好的吗？"

李媛嗔道："妈，你就别帮着思思说话了。你不知道这过敏反应的厉害，等犯病了就说啥都晚了。"

姥姥听了，赶紧说："我大外孙女最听姥姥的话了。听姥姥说，咱先让巴屁到窗户外面找它妈妈，它妈妈想它了。"

思思说："那把它也抱进来吧。"

李媛急了，一把就把巴屁从思思怀里揪过来，厉声说道："思思，等你病好了，妈妈肯定让巴屁陪你玩，但现在坚决不行！"

思思立刻大哭起来，姥姥连忙去哄。

李媛好说歹说，才把她们分开。

当天晚上思思就出现了一些哮喘发作的迹象，李媛赶紧给用药，提心吊胆地过了一夜，还好，思思的症状并没有加重。但这件事促使李媛痛下决心，把巴屁送人了，也不可能因为一只小猫让思思见不到姥姥姥爷啊。姥姥也把家里的那只猫送走了。其实两个老人家做出的牺牲最大，他们养那只猫咪快十年了，要比思思对巴屁的感情深。

思思为此大闹一场。但李媛挺过来了，思思也挺过来了。经过很长一段时间的适应，思思终于能做到不碰小猫了。现在她仍然很喜欢小动物，是远距离地喜欢，她只是在远处看看小猫小狗，不再近距离接触了。想到这些，李媛有一点酸楚，硬是把孩子和小动物隔开了，扼杀了孩子的一个爱好，但这件事，真是没有两全其美的解决办法。

## 6

在程教授的精心指导和治疗下，思思的哮喘症状有了明显的好转，但仍然时有反复，这令李媛、钟伟非常头疼。程教授对思思的反复也很奇怪，她认为治疗方案没有问题，除非思思还与她们一家没有觉察到的过敏原有接触。

“这样吧，我后天下午休息，到你们家去看看。”程教授准备亲自来找出思思的过敏原，李媛当然是求之不得。当天钟伟就开车把程教授接到家里。

程教授还没坐稳，就让钟伟和李媛再说说思思在家里的情况。思思围着程奶奶跑前跑后，端茶送水，显得特别高兴。

程教授说：“思思好乖啊。”

思思说：“程奶奶，等我好了，我把巴屁接回来，陪你玩。”

程教授一愣，李媛解释了一下。

程教授笑了，说：“思思真懂事，但奶奶要告诉你，你呀，健健康康的，巴屁会更高兴的。要是因为和巴屁在一起导致思思生了病，巴屁也不会开心的，对不对呀。”

思思点点头。

程教授说：“思思把气雾剂和储雾罐拿来，给奶奶演示一下，让奶奶看看，你用的正不正确，好吗？”

思思说“好”，转身拿来气雾剂和储雾罐。

程教授让思思给她示范使用治疗装置，并纠正了她使用过程中一些不正确的地方，然后就开始检查室内是否存在导致思思哮喘病情出现反复的过敏原。

李媛和钟伟说：“您先休息休息再检查也不迟。”

程教授说：“你们不知道，过敏原这东西稀奇古怪，人有可能对任何东西都过敏，不好找啊。”

经过反复踏勘后，终于在卫生间的垃圾桶和浴盆边角缝隙之间发现了几处灰色的斑块。

程教授说：“这就是诱发哮喘的一大隐患——霉菌。”

思思跑过来问：“程奶奶，这个就是让我生病的坏东西吗？”

程教授说：“是啊。”

思思说：“那我以后帮着妈妈清扫它，把它们全都扫干净了。”

钟伟很不解地问：“程教授，你看我们家，经常搞卫生，只要天气不那么坏，我们总是开着窗户通风，我这是十二楼，房子是南北通透的，通风效果特别好，卫生间也总是干燥的，为啥还会长这东西？”

程教授笑了，她说：“你们可别小瞧了这东西。这种霉菌的孢子十分顽固，生存能力强大，不会随环境因素的短期变化而消失。比如你们洗澡，虽然把墙壁地面清理了，但咱们家居条件，绝达不到阻止霉菌生长的干燥程度，霉菌就有了生长的环境，它们在阴暗潮湿的地方长出来后，会不时散发于空气之中，时时会触发儿童哮喘发作。即使孩子在这期间很少上厕所，但它们会飘到客厅、卧室，咱们是看不见的。

以后你们对这些部位要彻底清理，经常打扫，保持干燥，并且注意居室通风，尤其每当洗完澡后，要较长时间开启排风扇，尽量降低卫生间里的湿度，防止霉菌滋生。”

程教授一番话，让钟伟、李媛恍然大悟，他们连声说：“我们太麻痹大意了，原以为干燥的气候和较高楼层的通风效果可以使在潮湿环境滋生的霉菌无处容身，却没有想到它就在身边而我们却熟视无睹。”

钟伟忽然想到一件事，问程教授：“那我们以后是不是尽量不要带思思去南方，南方潮湿环境容易滋生霉菌？”

程教授回答说：“南方温度较北方温暖，对一些哮喘病人有好处，但南方也有你们说的易于滋生大量霉菌的弊病。对于咱们的小思思来说，应当尽量避免这种环境。咱们不是做了过敏原检测了吗，你们做家长的，要牢记思思对什么东西过敏，出门时，尽量避免，在家里，就应该彻底杜绝孩子过敏原的存在，原因不说你们也明白，孩子在家的时间要大大多于在外面的时间。”

“总之，防范霉菌控制思思哮喘是你们今后一项长期的工作，不能有所松懈。否则，”程教授开玩笑说，“我能开治疗哮喘的药，却开不出来后悔药给你们啊。”

钟伟、李媛连声答应。

这以后，思思很主动帮着妈妈擦洗卫生间死角。由于清除了诱发哮喘的一大隐患，思思的病情得以进一步好转。而今思思已经上了小学，和许多小朋友一样，健康成长，天天向上。

# 上阵父子兵

## 1

老刘和小刘在当地是一对小有名气的父子。老刘早就退休了，常常和一帮老邻居下棋打牌聊天，人们听到老刘说得最多的是“上阵父子兵”，也难怪老刘总把这话挂在嘴边，这里面的确有故事。

老刘地道北京人，祖上是汉八旗。老刘二十多岁参加了工作，因为有高中文化——那时高中文化已经很了不起了——再加上小伙子工作不藏奸不要滑，肯吃苦，受到领导赏识，同事夸奖，不久就入党提干。眼看着老刘前程似锦，上门提亲的人真就像小说里写的那样——踏破了门槛，谁知都被老刘婉言谢绝。别看老刘平时不大爱说话，行动低调，他可是属于哑巴吃饺子——心里有数的那种有心人。老刘早就相中了单位一个叫桂兰的女青年了，桂兰后来就变成了小刘的妈。

老刘和桂兰的工作热情高，谈恋爱的热情也高，很快就结婚了。1970年的春天，桂兰怀孕了，整天处于兴奋状态的老刘忽然接到上级通知，他和很多同志一起被下放，具体时间是11月，地点是青海省的一个藏族牧区。这个通知一下子浇灭了老刘马上要当爹的喜悦，但那时候想都不用想，人们从来都是把工作放在第一位，家庭放在第二位的。

出发前夕，桂兰如愿给老刘生了一个“带把的”。老刘亲吻了襁褓中的小刘，洒泪而别，奔赴藏区。在登上绿皮火车的一瞬间，老刘颇有些为革命牺牲的悲壮情怀。

从城市来到偏远地区，老刘的心胸一下子开阔了很多，贪恋家庭的小资产阶级思想被藏区的风吹得精光。一群同来的同志也和老刘一样，发了不少感慨，然后在车站附近简单吃了点东西就各奔早已安排好的工作地点去了。

分配给老刘的工作地点离火车站最远，幸好考虑到路途遥远，单位接到通知后，派了一个藏族小伙子来接老刘。

但藏族小伙带来的交通工具让老刘无语，是两匹马。

“这个，这个马真不赖。”老刘绕着枣红色的大马转了两圈，面有难色地对藏族小伙说：“可是我不会骑马。”

藏族小伙的汉话说得磕磕绊绊，还带着浓重的地方口音，两个人连比带划地弄了半天，老刘总算搞清楚了他的名字叫旺钦，最后达成一致，藏族小伙旺钦教老刘骑马，边走边教。

枣红马看着高大威猛，事实上很温顺。老刘骑在马背上，手脚僵硬，不敢瞎动，旺钦在旁边瞅着，嘿嘿乐。

藏区以草原为主，间或有些沙砾地，雪山横卧在遥远的天际线，随着行走路线的改变，不时发出冷冷的闪光，异常美丽。

老刘在马背上看着一望无际的牧区，发誓要好好工作，不负党和人民的养育。

日头将落时分，两人来到一片土房前，这些土房大多是土坯砌成的，也有少数干打垒的房子，旺钦示意目的地到了。老刘很诧异，说：“我还以为是帐篷呢？你们藏族不是都住帐篷吗？”

旺钦连说带比划，意思是我们藏人住的地儿是帐篷，但离这儿还很远，你们内地来的汉人，就住这儿。

这完全出乎老刘的意外，他更想不到远在千里之外自己的儿子居然因为住帐篷有了和自己相似的命运。

旺钦说罢就冲土房喊了几句，都是藏语，老刘听不懂。从土房里出来几个汉人，旺钦和他们交代了几句，然后冲老刘嘿嘿一笑，打马扬鞭而去。

从此，老刘在这个地方一住就是十二年。

藏区条件艰苦，住的是土坯房，吃的是青稞面，蔬菜很少见。没有自来水，需要去驻地二十多里外挑水；没有充足的电，依靠的是两台老掉牙的、时好时坏的柴油发电机。但同志们的工作热情高涨不减，老刘当然不甘示弱，每天比赛着和同志们工作。

哪里想到，来藏区不久后老刘就开始咳嗽。最初老刘没在意，胡乱找些药吃了，哪知咳嗽越来越严重。以前在家，感冒咳嗽只要吃些甘草片或橘红丸就好了，到藏区后，各种药好像商量好了似的，全都不起作用了。

“水土不服？可一般情况下，水土不服是拉肚子，消化不良啊。”老刘心里犯嘀咕。但咳嗽可不管他嘀咕不嘀咕，从小声咳嗽，变成剧烈咳嗽；从偶尔咳嗽，变成经常性咳嗽。一旦咳嗽起来，没有半个小时是停不下来的。

工作组组长停止了老刘的工作，强行派人陪着老刘去了一趟县医院。检查结论是上呼吸道感染，开了很多止咳药、消炎药。但这些药的效果只能是聊胜于无。

早晨，同志们的问候都一样：“老刘啊，昨晚又咳嗽了吧，该好好瞧瞧了。”“老刘同志，我这有新煮的奶茶，过来喝碗，润润嗓子。”

老刘他们住的是土坯房，隔音差。他的咳嗽影响了同志们的休息，为此他总是道歉，同志们都劝他找个好大夫彻底看看。

一天晚饭后，组长走进老刘住的房间。

“医院的药有点作用，不大。”面对组长的询问，老刘一脸无奈。

“别上火，我给你找个土大夫，包你药到病除。”组长神秘地说。

“组长您尽逗我，土大夫还药到病除？”

“共产党员不说假话。我跟你说吧，这儿附近有个藏医，很神的，治愈了不少疑难杂症，你这点小病不算啥。”

藏医老刘倒是听说过，和中医一样，是土生土长的医疗体系，与西医无论在理论上还是在具体治疗方式上都大相径庭。

一个休息日，在组长“威逼”下，老刘骑上马被带到“附近”的藏医那儿看病。说是“附近”，骑马还走了大半天。青海大草原地域辽阔，走半天看不到一个人太正常了，两个住处相隔大半天的路途也很正常。多年以后，老刘在城里怀念青海草原，感慨城市与大草原有着惊人相似，去哪里都要走半天，唯一不同的是，草原真的很宽阔，城市真的很堵车。

一番长途跋涉后，两人来到一片牛毛帐篷处。带路人叫小李，虽然他比老刘来得早，会藏语，对周边地区也熟悉，但他也不知道谁是藏医，只好到了地儿之后四下打听。老刘正探头探脑东张西望，忽然有人拍他的肩膀，老刘转过身，定睛看去，一个黝黑的藏族小伙冲他嘿嘿乐呢。

“旺钦！是你吗旺钦！”老刘大喊，随后便是一阵猛烈的咳嗽。

旺钦快步上来给老刘捶背，嘴里叨叨咕咕的，老刘听不懂，也没闲心听，他尽顾咳嗽了。

小李听见他咳嗽，也过来了，老刘呼哧带喘地赶紧把两人相互介绍了一下。小李憋着，一直不敢笑，还是藏族同胞实在，旺钦生硬地说：“我们早就认识。”

老刘对此的反应只好是一阵咳嗽。

小李和旺钦一顿嘀咕，旺钦打个手势，让他们跟着他走。三人来到一座大帐篷里，整个帐篷散发着浓浓的香气，老刘离很远就闻到了。细嗅之下，是檀香和药香的混合味。

帐篷里面盘坐着一个七八十岁的藏族老人，他穿着肥大的绵羊皮袍，袖口磨得油光锃亮。老人一脸沧桑，眼神却很安详。

旺钦说明来意，老人示意老刘把左手伸过来。老刘觉得藏医看病很像中医，也号脉，望闻问切的。最后老人起身，到帐篷深处翻腾了一阵子，拿出一些老刘不认识的草药，和小李说了一番话，小李双掌合十，老刘也照葫芦画瓢，谢过老人告辞而出。

旺钦邀请他俩在他家住了一晚。第二天老刘小李回到驻地，按照老人的要求，把草药煮了喝汤。老刘除了给驻地带来咳嗽声外，又带来了一股浓郁的藏药味。

老人的药还真管用，老刘的咳嗽渐渐少了，也有心情给家里写信了，当然他瞒住了自己的病情，光是一个劲儿地询问儿子的事。桂兰回信说，她和儿子一切都好，让他放心在边疆工作，还随信寄来一张儿子百天的照片。

实际上，老刘儿子小刘的身体也不好。小刘有湿疹，很严重，经常通宵啼哭。现在想起来，其实就是比较严重的过敏体质的表现，但是当时人们的医学常识普遍不高，别说普通人，就连医生也根本认识不到过敏体质与哮喘有密切联系。

小刘一周岁时，老刘回家探亲，恰好那时小刘的湿疹刚过劲儿，老刘本来就不是细心的性格，也没发觉。多年之后他才知道，他们父子俩，在跟同样的疾病做斗争，这也是后来老刘挂在嘴边的“上阵父子兵”的来历。

## 2

入藏区第三年冬天，赶上一次特大风雪灾，为了保护牧民生命财产安全，住边区部队和下放的地方干部全部动员起来抗风救灾。

工作上一向不甘落后的老刘在组长的带领下，连续奋战了两天两夜没合眼，等到大风过去了，老刘的咳嗽恶化了。

老刘他们住的房子是土坯的，屋里的地面不用说，也是土的，平常一扫半簸箕土。这次大风来袭，大家顾不上收拾房子，都奋战在牧区救灾第一线。救灾工作圆满完成，该收拾收拾自己的窝了，地面、床上的土有半寸厚。

搞卫生时，尘土飞扬，老刘觉得鼻子特别痒，连续打喷嚏，然后就是剧烈的、持续的咳嗽。老刘实在受不了了，跑到室外，此时声带也受到影响，整个咽部火辣辣的，声音完全嘶哑。

那时老人给的藏药早就吃光了，老人随着牧民不知游牧到哪儿去了，一时半会又找不到，老刘只好又骑马去了县医院，开回大包小裹的西药。老刘也顺便看了县医院里的藏医，但他们开出的藏药和当初老人给的药不一样，疗效也无法相比。随着老刘服用的药量、药品种类的增加，咳嗽反而在不断地严重。

疾病在向老刘宣战，老刘当然不肯屈服，工作一天也没落下，但坚强的革命工作意志并没阻挡住病情的恶化。

老刘的领导出面说话了："刘同志，今天的劳动你就不要参加了，我听见你昨晚咳嗽了一夜，今天就休息一天吧。"

老刘不想因此耽误工作。

组长说："乱弹琴！身体是革命的本钱，你好好休息一下，我会向上级反映你的身体情况，看看能不能把你调回原单位。你要相信组织一定会尽快解决你的问题的。"但这个解决，拖了十二年才到来。

牧区条件很差，在高涨的工作热情下，老刘他们谁也不在乎，但老刘的疾病确实和具体环境有关。

此后每年 12 月开始就咳嗽，直到来年 6 月牧区长出青草，咳嗽就莫名其妙地明显减轻，有时甚至给老刘造成病已经彻底好了的错觉。同志们都和老刘开玩笑，说他下放的地方错了，他应该去四季如春的南方，老刘的身体适合在南方待着。

"老刘，你上辈子干啥坏事了，托生错了，不该生在北方，更不该来青海大草原。"同志们的玩笑，其实有一定医学道理，但那时老刘哪里知道这些。老刘只是咳嗽、声音嘶哑，一不憋气，二不鸣喘，大夫没想到他的病与"过敏"有关，甚至没用过氨茶碱类的气管解痉药物。

后来他终于找到了老人拿药，那药却失去了往日的神奇功效，老人对此有一番解释，翻译过来大致的意思是：老刘以带病之身，日夜操劳，加上救灾那次透支，身体免疫能力急剧下降，肺气严重不足，四大失调。这种慢性病要想彻底好，不容易，只能磨工夫慢慢调养了。



## 3

话说老刘在青海大草原上与咳嗽顽疾做斗争，他的儿子小刘也没“闲着”。

老刘只是咳嗽，说起来有的医生都难以置信，真正的哮喘老刘一辈子仅犯过一次；小刘则没有他老爸这么“幸运”了。

小刘 6 岁起开始咳嗽，发展到慢性支气管炎并反复发作，最终确诊为支气管哮喘。后来老刘调回北京以后，他俩曾经深入探讨过这个问题，一起总结经验教训，小刘认为他患有哮喘的直接诱因应该是地震棚。

“地震棚？地震棚里也没尘土，哮啥喘？”老刘很不解。

“地震棚里是没有尘土，但是有消毒水啊。”小刘看见老爸迷惑的样子，解释说：“住地震棚那阵子，正赶上炎热的夏季，为了驱除蚊虫、灭菌，避免引发传染病，长期大量使用敌敌畏等杀虫剂，还有一些我不知道名字的消毒水，总之，别提多难闻了。”

小刘从小就对浓烈刺鼻的气味敏感，别人闻了，顶多皱皱鼻子，咳嗽几声罢了，小刘偏不，他一定要用持久的咳嗽来抗议，因此，当时最严重时，小刘得戴着口罩睡觉。

当时唐山大地震发生后，大家响应政府号召，住进了地震棚。对大人来说，这是迫不得已；对于小孩子来说，却很新奇。从一个熟悉得厌倦的地方，搬到军营一般在孩子眼里非常神秘、陌生的帐篷里（他们当时住的地震棚，就是军用帐篷，只不过比较大而已），哪个孩子不欢呼雀跃，好像过年一样呢？小刘因为爸爸没在身边，还主动帮着妈妈归置东西，这让桂兰很开心，丈夫远在边疆工作，她一个人带着儿子生活，虽然物质上和大家差不多，但总觉得比别人少了很多，现在儿子懂事了，足以宽慰。

归置东西时，她翻出夹在镜框中的几张老刘的照片，鼻子一酸，对小刘说："好了，剩下的妈妈收拾，你去玩吧。"

小刘一声欢呼，跑出帐篷，找小伙伴去了。他不知道，妈妈望着爸爸的旧照片，泪流满面。桂兰想起小刘小时候得湿疹的情景，她独自守在儿子身边，长夜难捱。

"你个老家伙，等你回来，一定和你好好算算账。"桂兰恨恨地自语。

小刘这边和小伙伴们在帐篷之间钻来钻去，藏猫猫，"抓特务"，玩得不亦乐乎；老刘这会儿，要么在草原上策马扬鞭，要么咳嗽着伏案工作，爷俩对桂兰的感受浑然不知。

出于很多原因，地震棚集中在一起，人口密度大，帐篷本身通风效果并不好。小刘他们那儿的帐篷区建得匆忙，没顾上挖排污水的暗沟，污水走的是地面，所以卫生环境比较差，街道办事处很快察觉出问题的严重性，开始使用大量消毒剂和杀虫剂。这些都是引发小刘呼吸道过敏的原因。

小刘患病之初，桂兰并没有了解到这种疾病的严重性，没有引起足够重视，有时还训斥他不够坚强，适应不了环境，有点小毛病就咳嗽起来没完。

桂兰带着小刘去医院看过几回，拿了一些药之后，就没怎么管过。小刘也没有抱怨母亲，那个时候，大家，包括有的医生在内，对呼吸道过敏并不重视，总觉得是着凉引起的，跟头疼脑热一样属于小毛病，吃点药甚至不吃药就会自己好起来。当时人们就是那样的一个认识水平，这是时代局限，没啥好抱怨的。当时小刘也觉得自己不像男子汉："这点毛病算啥呀，我应该像藐视阶级敌人一样藐视它，它就会悄然溜走了。"

"小时候我不懂，现在知道了，疾病不是以人的意志为转移的。拖的时间长了，转变为慢性气管炎，最终转化为支气管哮喘。"后来小刘苦笑着对老爸说。

老刘长叹，说：“都怪爸爸，在你小时候没有尽到父亲的责任。”

小刘看到老爸难过的样子，连忙说：“那都是历史造成的，不怨您。千家万户不都是这样吗？也不是就咱们一家。”

“是啊，老爸我还算好一点的，熬过十二年就回来了。和我在一起的同志，有的就留在边疆了。不过，那段日子虽说艰苦，现在回想起来，也挺怀念的。”

桂兰在厨房里忙乎着，听见爷俩聊的话题，跑过来对老刘说：“快给咱儿子道歉，等一会我做得了菜，再给我道歉！”桂兰逮着机会就跟老刘算老账。

老刘刚要说话，小刘抢先说：“那是，你们这一代人的青春洒在了西部，为祖国的建设贡献了力量。”小刘绷起脸，做出领导派头，说：“老刘同志啊，你们这一代人把最好的时光留在了西部，要道歉嘛，也是我们这些大后方的群众给你们道歉。”

桂兰忍不住乐了：“油嘴滑舌，离你爸这么远，还像他！”

老刘也乐了：“架不住咱遗传基因好。”

别看小刘和老爸谈起自己的病总是轻描淡写的，但其中的苦衷只有他自己清楚。小刘知道老爸在青海没啥好日子可过，身体也不好，他不想让老爸过分担忧。

1970年到1982年，老刘在青海藏区；小刘7岁，1977年上的小学。在小学和中学，尤其是小学阶段，小刘的哮喘是十分严重的，已经影响到正常的生活。当桂兰意识到问题的严重性时，为时已晚，加之当时的医疗水平和他们的经济条件有限，所以治疗效果始终不好。

小刘曾因病休学一年，即使在上学期间也有两三年是免上体育课的。小刘很小就察觉到自己的人生可能会跟别人不一样，他体验到了病痛的难捱，别的同学最多是感冒，打几针就好了，小刘则成年累月地往医院跑。

即使勉强上学，体育课时小刘也只能慢步一小会儿，然后站在旁边羡慕地看着同学们跳高跳远、玩篮球。

“我那时候最爱运动，跑跳投，样样精通，可是我真不敢啊，一旦喘起来，猴子吃芥末——没治了。就是我想上体育，老师也不让。”小刘说。

“咋不来信告诉我？”老刘有点生气他们娘俩瞒着他。

桂兰白了丈夫一眼，说：“告诉你管个屁用？你是能治啊还是能开药？再说，你身体不好不也是没告诉我们吗？”

妻子的话让老刘无言以对，其实他们都是为对方考虑，不想让对方担心。

“后来怎么样了，儿子？”老刘问。

“能怎么样，治呗。治不好，也治不死。”小刘满不在乎地回答。

最初的治疗主要是针对发作时症状的缓解治疗，并没有一个系统、科学、根本的治疗方案。小刘 10 岁以后，桂兰开始意识到这种病需要长期治疗，家里的亲朋好友也开始知道小刘的身体情况，不时会介绍治疗的医院和医生。于是桂兰带着小刘开始穿梭于各类传说中能治疗哮喘的医院甚至坐诊医生之间。什么脱敏、针灸、中医汤剂、敷贴、各种稀奇的偏方等等都用过，但病情却似乎日渐严重。

小刘有很长一段少年时期的记忆，就是坐车、换车，从一个医院到另一个医院，吃药打针，再吃药打针，中间夹杂着哮喘发作的痛苦。奇怪，现在回想起来，病痛的印象很模糊了，只有耽误功课，同班同学都升级了，他一个人留级的屈辱，还深深地留在脑海中。

后来小刘为此曾问过程教授，程教授说这是属于人体的自我保护现象。人能感觉肉体疼痛，提醒大脑，身体出问题了！一旦伤病痊愈，大脑立刻抹除相关记忆，但随伤痛带来的心理创伤却不会那么快消失。所以，目前国际上有很多人主张重大病患的人在治病时，同步进行心理帮助。

程教授说，一般情况下，病患不会带来过多的心理问题，但长期处于病患中的人，容易产生低落情绪，对生活丧失信心，甚至抑郁，导致自戕等严重后果出现。不过，程教授安慰小刘，说他的心理很正常，不必放在心上。

这些都是后话了。

## 4

老刘调回日夜思念的家乡，和家人团聚，没想到咳嗽这个老朋友也从大草原上跟老刘回来了，并且和老刘加强了“友谊”——没有了季节性，全年都咳。老刘早就习惯了咳嗽，家人把他早晨的咳嗽当作起床铃声。老刘更没想到，今后他要和儿子一起，并肩与哮喘病魔做斗争。

老刘回来后去原单位报到上班，工余时间，他把精力都放在为自己和儿子求医问药上。首先，他问清了妻子都带儿子去过哪些医院，把那些治疗效果不理想的医院排除，然后按距离家的远近，依次排好综合医院和专科医院，每个休息日就骑着车子先去“踩点”，找同样的患者打听治疗效果。

老刘身上的病好像知道老刘开始动真格的了，也加快了脚步。回来后第一年的夏末秋初，过敏性鼻炎加重，不分时间、场合地打喷嚏，流鼻涕，害得老刘一个男同志，手纸整天不敢离身。

老刘对医生说：“我这个鼻炎也怪，白天打喷嚏流鼻涕，鼻腔却不堵塞。一到了该睡觉躺下的时候，就鼻子不通气，呼吸不畅，每晚只得张着嘴巴睡觉，第二天起来，口腔干燥，舌苔浓厚。”

后来老刘又添了个毛病，眼结膜奇痒，流泪，怕强光，为了不影响上班，只好买了一副墨镜。同事们都笑他赶时髦，楞装回国老华侨，老刘对此苦笑，没有过多解释。

小刘呢，他也参加工作了，并且有了女朋友，家里怕他的女朋友有偏见，把小刘的哮喘病故意隐瞒下来。小刘也出于同样想法，尽量减少和女朋友的约会，实在腾不过去了，或者想女朋友想得睡不着觉，就挑自己感觉身体状况良好的时候见面。

老刘和小刘去了一家著名医院的变态反应科诊治，并做了过敏原测试。检测结果显示，老刘对许多成分过敏：尘螨、猫毛、狗毛、蒿属花粉等十余种。其中尘螨为最重。

“怪不得我最怕灰尘。”老刘恍然大悟，他想起了当年在青海藏区住土坯房的岁月。老刘干起工作，谁也不服，他却很怕搞卫生。搞卫生擦桌子扫地，尘土一起，他就咳嗽个没完没了。藏区工作组清一色的男人，被褥大多数是公家发的，他们很少清洗晾晒，再加上土坯房门窗矮小，室内空气流通不畅，无疑是螨虫滋生的天堂。

小刘的哮喘比他爸严重多了，虽然过敏原没有老刘多，但是小刘的过敏程度比老刘严重。

医生给老刘开出色甘酸钠吸入，服用顺尔宁、氨茶碱等药物，效果不错。特别是万托林气雾剂，吸入后很快咳嗽就止住了，呼吸顺畅。

小刘的药和老刘不一样，他用的是信必可都保，医生说，同样的病，治疗因人而异。小刘的治疗效果也非常好。

眼见着就要和相伴十多年的“老朋友”说再见了，老刘心里这个高兴，不料遇上单位统一重新粉刷走廊过道，老刘一闻到涂料的气味，嗓子就发紧、发痒，不由自主地咳嗽起来，心想：“这下可坏了。”

老刘是一个老党员了，不想因为这点毛病，请假离开单位，强忍着在办公室里工作。

走廊里粉刷工人干得很来劲儿。

涂料的气味和粉尘的刺激不断袭来，老刘先是用手捂住口鼻，后来用手帕，都不好使。老刘实在忍不住，夺门而出，同时发出剧烈的咳嗽声。同一科室的同志看出了事情的严重性，强迫老刘去了医院。

到了医院，原来的药物继续使用。又加了酮替芬，效果都不理想。

1990年，一家医院的大夫建议老刘用丙酸倍氯米松喷雾吸入治疗，因为当时用药后漱口次数不够多，漱口也不彻底，出现明显的声音嘶哑，老刘就自行停用了。他每天服用克喘素或博利康尼，以减轻咳嗽症状。

小刘上班后，在家待的时间越来越少，和老刘的交流也少了。害得老刘总和桂兰磨叽他刚回来那会儿的父子关系。

桂兰说："儿子大了，应该有他自己的空间，你一个老头子管好自己就行了。"

老刘说："我不是关心儿子的身体嘛。对了，他和女朋友处得咋样了？"

桂兰说："儿子身体可比你好多了。上次让你去第一儿童医院瞧瞧，你笑话儿子，都多大岁数了还去儿童医院，你死活不去，儿子自己去了，他说治疗效果很好。儿子还说，过几天他非带你也去那家医院看病，你就等着当回少年儿童，祖国的花朵吧。"

"儿童医院还看大人的病？"

"我也不太清楚，儿子说，儿童医院当然是以给儿童看病为主，但你去了，也给你看。"

老刘顾不上回击老伴的善意嘲讽，他问："儿子和女朋友处得好吗？也不带回家让我看看。"

"你是真傻还是装傻啊？女朋友要是真的上门了，那你就等着掏钱吧，人家上门可是代表着马上就要结婚了。"

"那这钱我愿意掏，我还等着抱孙子呢。"

就在老两口说这话的当天下午，小刘急匆匆赶回家，进门就问："我爸呢？"

"你可不禁念叨，你爸刚才还说起你呢，现在在楼下遛弯呢，要不就是在花坛旁边跟人下棋。你找他干嘛？你不上班了？”

“我听说程教授下午坐诊，就赶紧请假回来，我想带我爸也去看看。程教授的号不好挂，咱们得抓紧。”

“那好，我跟你下去，你说话你爸不一定听。”桂兰简单收拾一下，和儿子下楼去找老刘。

果然，老刘不愿意去儿童医院看病，桂兰一瞪眼，老刘就没咒念了，乖乖地跟着走了。

公交车上儿子给老刘做工作。

“爸，你看我最近身体起色好不好？”

“嗯，好像是好多了。”老刘打量着儿子。儿子比他高出一头多，但相貌体型俨然是老刘的翻版。

“我就是在那家儿童医院看的病。刚开始我也不咋相信，但小青说了，那儿有个程教授，不光儿童哮喘看得好，成人的也治。”

“你等等，小青不是你女朋友吗？”

桂兰插嘴说：“小青就是儿子的女朋友，你是不是想说，咋把得病的事告诉她了？这事我知道，我也同意告诉她。这事瞒得了一时瞒不过一世。早点让她知道，还显得咱们真诚。”

“没错，我就是这么想的。”儿子说。

老刘一听有些恼火：“合着就我一人儿不知道啊。”

儿子说：“爸你别急，小青听说了，没说别的，还帮我四处打听哪家医院擅长治疗哮喘。这不，就是她听说儿童医院这方面比较擅长，我一试，还真不错。所以就拉着您来了。”

说话间，公交车到了第一儿童医院。

程教授给老刘的第一印象是位轻声细语的老太太，但这位不起眼的老太太第一句话就让老刘惊呆了。

“你不用感到不好意思，我给不少成人看过病。”

由于被程教授震住了，老刘一五一十地陈述过去的治病经历，像竹筒倒豆子一般没有丝毫保留。

程教授边听边给他检查，最后给老刘制定了一个治疗方案：舒利迭50ug/250ug每天两次，并在咳嗽剧烈时配合使用万托林气雾剂。

老刘拿了药，向程教授道完谢，走出诊室，问小刘："这老太太挺神啊，好像能看出我想啥。"

小刘笑着说："看你一副别扭样，搁我我也能猜出你想啥。"

老刘说："我有那么别扭吗？我觉得挺自然的。"

老刘按照程大夫的医嘱用药，数周后咳嗽症状逐渐减轻。

不久后，小刘携女朋友小青来家做客，老刘还特意对小青表示感谢，弄得小青很不好意思。接着老刘说了一句让人家大闺女更不好意思的话："你和我儿子处的时间也不短了，没啥问题就去登记吧，我天天盼着抱孙子。"

桂兰看到小青红了脸，赶紧打岔，说："小青你尝尝这道菜，很新鲜，我去早市买的。"

等儿子送小青走后，桂兰埋怨老伴："你这个老家伙，人家小青头一回上门，你说话也没个遮拦。"

老刘不以为然，说："这有啥呀，男大当婚女大当嫁，天经地义的事，时间拖长了，你不怕夜长梦多啊。我瞧小青这个闺女不错，咱儿子的眼光也不错，像我。嘿嘿。"

"儿子的病还像你呢！"桂兰反唇相讥，"儿子说了，等他和你都好利索了，就和小青结婚。"

"我好不好和儿子结婚有啥关系，儿子好就行了呗。你说，这病影不影响下一代啊？"听桂兰这么一说，老刘真有点担心。

桂兰说："儿子早就问明白了，这病不影响，何况儿子控制得比你好多了。等你操心，黄瓜菜都凉了。"

后来老刘向小刘承认，在治疗和谨遵医嘱方面，他做得的确没有儿子好。老刘这个人医学知识不多，却有自己的心眼儿，他担心药物中的激素会产生副作用，身体见好后没征得程大夫的同意，就擅自减少了用量。结果没过一周，咳嗽又加重，老刘赶紧恢复了原剂量。咳嗽逐渐减轻后，他换用了单一激素的布地奈德粉吸入剂，每天两吸至今。

小刘向老爸传授他对哮喘的看法和经验。到第一儿童医院程教授这里就诊之前，小刘所接受的治疗总的来说都不系统，没有一个持续的治疗方案。到程教授这里后，小刘才得到准确先进的治疗。除此之外，小刘最大的收获是了解了哮喘是怎么一回事儿，治疗哮喘是怎么一回事儿。

小刘对老刘说："解决一个问题，首先要认清问题的根本，您不总教导我，分析问题要抓住本质吗？"

"臭小子，甭跟老子打官腔，说点实在的。"

"爸，我说的就是实在话。哮喘发病的原因很多，即使以21世纪的医学水平而言，也无法保证做到对每一个患者都能查出所有的过敏原。事实上，发现哮喘其实是呼吸道平滑肌反应性增高也不过是几十年的历史。"

"嘀，你小子啥时候成医学家了，我咋不知道？"

"我也是学习后才知道的，很多哮喘知识都是医生告诉我的。"

解决一个问题，首先要认清问题的本质和真实面目，清楚问题的根儿在哪里，才能在正确之处下手解决。这是小刘在治病中的一个切实体会，并非是高高在上、不切实际的空谈。这个经验也在治病之外，让小刘受益良多。比如工作中遇到问题，家庭生活中遇到问题，小刘会先认清问题的所在，然后从根本上着手，这样往往能起到事半功倍的效果。

小刘问老刘知不知道为啥程教授的治疗颇有成效，而在别处治疗的效果不理想，老刘摇头。

小刘认为，在程教授这里接受的治疗安排与之前的最大不同有两方面：一方面程教授给病人制定了一个有效的长期治疗方案；另一方面程教授让患者理解并接受了哮喘治疗是一个长期、持续过程的理念。

小刘之前的治疗主要是在发作的时候进行，一旦症状缓解，治疗也就随之结束，不考虑根本，所以病情经常反复。而在第一儿童医院的治疗非常系统，已经成为他生活中的一项日常内容。小刘感觉到长期治疗最大的障碍来源于一些道听途说的、对于药物不良后果的恐惧，同时讳疾忌医是病人和家属的通病。小刘和很多病友交流过，他们一边担心激素类药物产生的副作用，一边担心哮喘得不到有效控制，于是就造成了用药不彻底的局面，治病效果自然不会太好。

“我没少和你说吧，让你谨遵医嘱，没有医生的同意，不能随便停药，或者擅自减少用药，你就是不听。既然选择了一个医生给自己治病，就要信任，如果做不到这一点，治疗已经失败了一半儿了。对不对？”

“对对。”听了儿子的话，老刘忙不迭地点头称是。得，爷俩掉个儿了。

“还有就是锻炼的问题，一定要坚持锻炼，即使哮喘患者的锻炼比一般人的要艰难得多。我叫你少下棋少看电视，多锻炼，你不爱听，程教授和你说过锻炼的问题没有？”

“说过说过，我不是老了吗，不愿意动弹。”

“不愿意也不行，从今儿个起，我陪您锻炼。”

小刘感兴趣的壁球、游泳、健身操什么的，老刘玩不转，也没兴趣。小刘就陪他慢跑，或者快走。桂兰也偶尔加入进来，不过她的主要锻炼方式是跳广场舞。

十一假期，小刘和小青办了婚礼，第二年就生了个大胖小子。老刘乐得嘴都合不拢了。

小刘结婚不久，老刘退休了。儿子成家立业，有了自己的房子，陪老刘的时间少了。老刘不再和邻居下棋了，看电视也少了，他听从医生和儿子的建议，每天坚持早晨去附近公园快走 3 公里，并做深呼吸。现在没有了痉挛性咳嗽，胸部也没有了憋闷感。“这是我患病数十年来最舒服的日子。”

小刘婚后也坚持锻炼身体，和小青一起，每周去健身房进行运动，比如跑步（每次 5—6 公里，耗时 30—40 分钟）等有氧运动以及无氧运动等。

现在，老刘已不需用万托林，呼吸功能也在改善，肺活量不错，呼吸测速仪检测可达到 550—600L/min，这是一个非常不错的数值了，按老刘的年龄和身高查到的正常值是 500L/min。遗憾的是由于患病几十年，只在近年得到有效的治疗，所以 CT 检查时，在老刘肺部还是看到有局部的肺大泡和慢性炎症的点状结节。但是这些影响不到老刘了，他和很多健康老人一样，享受着自己晚年的幸福生活。

小刘有了小小刘之后，全家总动员，生怕孩子重蹈小刘小时候的覆辙。照料得格外细心。小小刘没得过湿疹，目前看来也不对啥东西过敏，这让全家人大大松了一口气。

“小刘小时候，哪儿有现在的条件啊。他爸远在青海，指望不上，我还得上班，小刘稍微大点，就送托儿所了，像小青这样在家做全职妈妈，想都不敢想。”看着虎头虎脑的孙子，桂兰大发感慨。

## 5

老刘的一位中学老同学来看他，老刘发现他明显有气短喘息。

“老同学，你是不是有哮喘？”

“是啊，老毛病了，没事，早习惯了。”

“别习惯，这事千万别习惯。你在哪儿看的病，都用的啥药？”

老同学介绍了他的情况，他担心用激素有副作用，一直不敢用。

老刘一拍大腿，说：“你这次算来值了。告诉你吧，这事我经验大大的有。”

老刘像儿子当初给他上课那样，把自己知道的关于哮喘的知识，倾囊而授。

俩老头儿都快八十的人了，一个说话有点费劲，一个听力不太好，脑袋碰脑袋，掰扯了好半天。最后老刘拿出笔纸，写了如下的话：“要相信医生的话，目前我们所用的治疗哮喘的吸入性激素是当前治疗哮喘的最理想药物，主要作用于呼吸道表面，没有全身作用，不必害怕。吸入性激素使用时有两个副作用，一是声音嘶哑，二是引起口腔黏膜的溃疡，我都发生过。医生让我用药后漱口，我想声音是声带发出的，漱口又不能漱到声带上，就没有认真执行，结果说话嘶哑。以后我注意加长漱口时间，每次20—30秒，每天3—4次，体会到只要认真漱口还是可以避免或减轻嘶哑的。漱完咽部再漱口腔，这样口腔黏膜溃疡的问题也解决了。”

“你看看我，是不是比你硬实？我还计划活到一百岁呢。”老刘说。

“这些都是谁教你的？”老同学根本不理老刘的吹牛，点着手上老刘给写的纸条问。

“我儿子，他也有哮喘，不过现在好了。我和他一块儿治疗，一块儿锻炼，就好了。这就叫‘打虎亲兄弟，上阵父子兵’！”

# 如这春天的来临

## 1

时值六月，丁香花盛开，公园里游人如织。

茹萍牵着百合走在公园的人工湖畔，百合蹦蹦跳跳，有说有笑。

“妈妈，我要去游乐园玩儿，那儿有一个新的游乐场。”

“咦？昨天你们学校不是组织游园了吗？没去玩儿？”

“老师说游乐园要门票，就没去。”

“咱们这就去。”

“妈妈太好了！”百合小手摇晃着妈妈的手，说着说着不禁咳嗽了几声。

“宝贝，你喝口水压压。要不等过两天咱们再去玩儿。”

“不嘛，妈妈答应了，我现在就去。”

昨天“六一”，学校组织活动，去公园游玩，回来后百合总是咳嗽。茹萍有些担心，给百合吃了药，然后打电话问老师，老师说白天在公园里没有进行运动量大的活动，基本以自由活动为主，也没发现百合咳嗽。

晚饭后，百合咳嗽有些加重。到了第二天一早，百合的咳嗽减轻了，茹萍又放心了。百合的爸爸周明看百合没事，就出外办事去了。

吃过早饭，百合缠着茹萍，还要去公园，说昨天没玩够，她想去公园里的游乐场再玩一次。茹萍看孩子不怎么咳嗽了，心情也好，就带她去了。

看着百合在游乐园（就是那种充气的塑料游乐园）里玩得高兴，茹萍想：“要是百合能永远这样该多好。”

百合 4 岁前身体非常好，从来不得病，连感冒都没有。茹萍还时常向同事、朋友和亲戚夸耀自己的女儿，没想到，4 岁半时她患肺炎，高烧 40℃，住进了医院。

这次肺炎，使茹萍家的生活直转急下。

医生给百合用了地塞米松和抗生素输液治疗，炎症很快下去了，体温也正常了。七天后出院。

出院一个月后，百合又突然咳嗽，而且非常厉害，在她急促的呼吸里，偶尔能听到嘶嘶的声音。到医院检查后，白细胞并没有明显增高，医生怀疑是支气管哮喘，开了非那根、舒喘灵等药。这样治疗大约两周身体才逐渐好转。

一天茹萍忽然接到幼儿园老师的电话，说百合喘气费劲，不敢擅作主张，让茹萍马上过来。

茹萍立刻放下手头工作，打车到幼儿园。

老师介绍情况说，本来百合在这之前都很正常，午饭吃得也很多。下午老师要考考大家最近学的知识，轮到百合回答问题时，她显得很紧张，好半天答不上来。有个老师开玩笑说，答不上来的小朋友不准回家。哪知听了这话，百合情绪突然有了变化，随后就呼吸急促，最后竟然出现呼吸困难的情况。

茹萍二话没说，直接带女儿上了医院。经过紧急处理，百合的呼吸才渐渐平稳下来。

从这以后，茹萍开始细心观察女儿。发现孩子在运动后、饭后、吃水果后或精神紧张都会出现喘息，而且越来越频繁，同时抵抗力明显下降，动不动就感冒，哮喘反复发作。

她带百合跑遍了当地所有的大医院，但始终没有找到一个有效的治疗方案。她觉得也不能完全归罪于大夫们，他们已经确诊百合就是哮喘，但究竟是哪一种哮喘，不同医院有不同说法，可是治疗方式和用药却是大同小异，效果也不理想。小地方就是这样的医疗水平，百合就这么得过且过地拖了一年半的时间。

百合的咳嗽打断了茹萍的回忆。百合喊了两声妈妈，又剧烈咳嗽。茹萍一脚跨过栏杆，在游乐园工作人员的阻止声中冲到女儿面前，女儿已经开始有喘鸣音了。

茹萍一把抱起女儿，一溜小跑。

“鞋！小孩的鞋你忘拿了！”游乐园工作人员在身后追喊。

茹萍头也不回，直接跑到公园外，拦了一辆出租车去医院。

从那以后，百合经常有不明原因的哮喘发作（当时地方医院做不了过敏测试），发作时需要用非那根、舒喘灵来控制。医生说，就是跑到北京、上海，治疗哮喘也没有什么好办法，只能随着小孩年龄渐长抵抗力增加，或者青春期后，才会慢慢好转。

周明说西医不行，咱们试试中医。当地但凡有点名气的中医都看了，也没什么好办法，只说哮喘是因为人的肾脾肺，三个脏腑的气都虚的原因。治病需治本，于是女儿连着吃了两个月增强体质的中药，也没有什么效果，家里倒是终日散发着中药味儿。百合说：“小朋友不愿意上咱家玩，嫌咱家味儿难闻。”

后来女儿一喝中药汤就反胃，有时还会呕吐。茹萍见女儿如此遭罪，药效还不咋地，就慢慢停了，索性不吃了。

一天，周明神秘地和茹萍说：“我找到治病的办法了。”周明的一位同事告诉他，有一些西药就是普通人用也能增强体质，病人用的话，免疫能力会大大提高，啥病都扛得住。

周明和茹萍头脑一热，听了同事的话，给百合用了人体白蛋白、胸腺肽注射，这些是非常昂贵，但副作用也非常大的西药，均未见效。后来茹萍想起来就害怕，幸亏没出什么乱子，周明也检讨自己，承认那时候病急乱投医，考虑不周。

## 2

百合6岁时，茹萍从报纸上看到外地某医院采用穴位封闭治疗哮喘效果很好，就和周明商量，要不要试试。现在想起来这是一个极其错误的决定。

俩人被报纸上的广告给忽悠了，看到广告说得那么好，而且又是打着某著名医院的旗号，觉得有保证，就带孩子去做了几次。还别说，几针下去，百合的症状减轻了不少，止喘效果很明显。

茹萍神色慌张地带着百合从医院浴室出来。

“你快看孩子这是咋的啦？”茹萍掀开百合的衣服，周明看见她后背上长出了浓密的汗毛。

“我在浴室给百合称了体重，她胖了十多斤，这才不到半个月，你说，是不是药里有激素？”

“还用问吗？明显是激素催的。我去找他们！”周明大怒，直接杀到儿科办公室质问医生，大骂他们是骗子，毫无医德可言。

在周明的逼问下，医院方面吞吞吐吐地承认，给孩子使用了激素做封闭治疗的药物。

稍有医学常识的人都知道，注射激素类药物，副作用极大。尤其是对百合这个年龄段的孩子来说，任何家长都不会随便同意使用，除非孩子的生命受到威胁。

院方解释说，在治疗哮喘方面使用这种药是合理合法的，但周明、茹萍对医院故意隐瞒用药信息的做法感到十分不满。不过后来他们知道了，封闭治疗不是治疗哮喘的正规方法。

在激素封闭治疗一个多月后，百合的哮喘又开始发作，而且较封闭以前更严重，每次发病时服用非那根、舒喘灵、氨茶碱均控制不住，必须住院用激素、肾上腺素，好几天才能控制。

在医院住院，必须找一个贴着墙的病床，茹萍每夜抱着百合，让她坐着斜躺在自己怀里，百合才能稍微睡得安稳些，茹萍就靠在墙上，娘俩以这个姿势捱到天亮。有时茹萍四肢麻木，需要很长时间才能恢复知觉。

医院的人说，你就是转院到美国去治，用的也是这个药。他们四下打听、询问，得知当时真的没什么其他好的办法。

于是陷入了一个恶性循环。百合哮喘发作，入院进行激素治疗，病情暂缓。但出院后仅两三个星期又会因严重发作，有时甚至不到一周，就再一次发作，住院。而且再一次沿用激素治疗一周才能控制。就这样反反复复，在孩子 6 岁这一年中，因哮喘共住院 11 次，也曾因心衰报病危一次。

说实话，他们已经对治愈孩子的病不抱任何希望了，只是有个最低的要求，就是不要再恶化下去，能维持现状就好。一向对神鬼敬而远之的周明竟然专门去郊区一个庙里上供烧香，为女儿祈祷。茹萍日渐消瘦，经常背着女儿和丈夫哭。

以前活泼好动的百合看不见了，哮喘不仅对孩子的身体造成了极大损害，而且给她的心理也蒙上了阴影。

一天，上一年级的百合放学回来，从下校车到进家门，她始终小嘴撅着，也没和妈妈打招呼。茹萍问她为什么不高兴，她也不说。问了好几遍，百合才说了原因，原来是老师不准她上体育课，别的小朋友在操场上又蹦又跳的，可怜的百合只能一个人坐在教室里看着。

看着女儿委屈的样子，茹萍心痛，那是她特意嘱咐老师，不让百合参加运动的呀。

刚上学那会儿，百合和同学们一块儿做游戏，上课间操，但哪怕是丢手绢这种运动量很小的游戏，都能引起咳嗽，更别说什么跑步、跳绳和老鹰捉小鸡的游戏了，有时就连大笑都会引起哮喘发作。

学校组织去春游，她只好孤独地待在家里，因为老师怕她犯病，不敢让她参加，孩子非常难过。即使是难过，她也不能大声哭出来，因为茹萍警告她，大声哭泣也会引发哮喘。

疾病使百合无法正常学习、生活，病痛的折磨使孩子失去了童年的欢乐。看到这一切，茹萍心如刀绞。

一个周日，茹萍的同事带着女儿到家里看望百合，两个小家伙玩在一起。同事女儿和百合同岁，却比百合高出半头，体格也茁壮，她说话洪亮，和细声细语的百合截然相反。

下午时，茹萍的大外甥女带着未婚夫登门送请柬，邀请茹萍全家下周参加他俩的婚礼。茹萍一直以来忙于百合的病，外甥女到医院和家里看望过几回小妹妹，但茹萍没关注过外甥女的事情，今天来了，茹萍注意到，外甥女容光焕发，虽说人逢喜事精神爽，茹萍却意识到，这个朝气蓬勃的女孩儿是因为她健康，有健康的身体，才有幸福的未来。

茹萍出神地想着，听不见同事的说话，外甥女的笑声。

“百合才六七岁，今后的日子还很漫长，漫长到她的小脑瓜根本无法想象，但我能想到，如果女儿一直是这个样子，生活将是一场与病魔相伴的无期徒刑。”

茹萍突然站起来，和同事、外甥女说道：“我绝不容忍我的女儿过这样的生活！”大家吓了一跳，问清原委后，纷纷支持茹萍带女儿去继续寻医问药的想法。

3

年底，茹萍一家抱着一线希望来到A市。来之前，茹萍对女儿的病进行了一次彻底的反思。

茹萍认为自女儿得病，每一个阶段的病情发展，都是因为滥用了激素而产生的恶性循环，使孩子对激素有了依赖。既然西医没有什么好办法，就选择中医。虽说在当地也曾看过很多中医，但茹萍相信大地方的中医水平肯定比她们当地的强百倍。

茹萍先到了一家著名的中医院，托人挂了个儿科专家门诊号。

中医说百合的病情由于全身用了大量口服、静脉注射激素，内分泌已有紊乱的迹象，治疗起来比较困难，必须每隔三天或六天到中医院复诊，医生根据病情随时调整药方。

药方开出来还没等服用，当天夜里在宾馆里，百合的哮喘严重发作。茹萍赶紧给她用了舒喘灵，使用后孩子脉搏加快，茹萍把着女儿的小手腕，发现她的心率竟然达到每分钟190次。

“大事不好！”茹萍惊叫：“周明你赶紧出去打车！”

凭她的经验，在这种情况下，必须马上住院用上口服或静脉激素才能控制住，否则孩子有生命危险。

周明抱起孩子，立即打车奔向某大医院。在路上孩子病情越来越重，周明对司机师傅说：“司机师傅，孩子情况不妙。您千万别减速停车，红灯也闯，出了事我们兜着。”

司机一看孩子的样子，没有任何犹豫，油门一直踩着，还安慰他们说别急，马上就到医院。

百合很快进了儿科急救室，医生下达了病危通知书。经过抢救，女儿脱离了危险，医生说要是再晚来十分二十分的，就难以想象了。

中医没看成，住进了综合医院。百合转到普通病房十几天后，哮喘又一次发作，鉴于她长期使用激素类药物，这次医生试着没用激素，用的是异丙嗪等抗过敏药物，但是始终没有控制住，只好又用上了激素。

百合的哮喘终于暂时被控制住了。那天她喝了一点粥，有了点精神，蔫声蔫气地问：“妈妈，你不是说到了这儿就能治好我的病吗？我怎么又犯了？”

茹萍回答不上来女儿的问题，看着女儿因呼吸困难而青紫的眼睛和苍白的小脸，她不顾众人在场，失声痛哭。

同病房的一个病友等茹萍止住了哭声，过来劝说：“您也别太伤心了，哭坏了身子，谁替你照顾女儿啊？哮喘这个病就是难治，我有个亲戚家的小孩也是哮喘，也治了很长时间才治好的。我听说他是在第一儿童医院程教授那儿治好的，要不您去那儿试试？”

茹萍对此没抱太大希望，觉得既然大老远地来了，就看到底吧。

经过全面、详细检查后，程教授认为孩子的哮喘确实很严重。

程教授开药时问：“你们经济条件怎么样？药品有两种，国产的便宜，进口的贵一些。”

“用最好的。”周明毫不迟疑。

程教授开了吸入激素必可酮，支气管扩张药物喘乐宁，服用氨茶碱控释片和提高免疫力的胡萝卜素、小儿善存等药物。

茹萍看着处方单上的药名，忍不住问程教授：“百合以前用过大量的激素药，副作用很明显，发胖，长汗毛，使用这些药会不会也出现类似的副作用？”

程教授说：“放心吧，我们采取的治疗方式绝不会产生你说的副作用。你说以前使用的激素类药物是不是采用静脉输液的方式？或者是口服？我们给百合用的是目前国内最先进的儿童哮喘治疗方式，也是目前西方国家普遍采用的吸入激素治疗法，副作用几乎没有，而且治疗效果非常好。”

程教授解释说：“以前国内对哮喘的治疗，由于采用的是静脉输液的方式，导致药品中所含有的激素大部分都通过血液进入人体，只有部分药物作用到了呼吸道和肺脏，其余的都被人体吸收，势必造成人体机能紊乱，产生副作用。”

“但是吸入激素治疗呢，它是局部用药，药物直接作用在呼吸道和肺部，几乎全部被呼吸道和肺部吸收，对人体其他器官根本不起作用。比起口服、注射的用药剂量小，安全，副作用小。”

程教授的一番话打消了茹萍的顾虑。为节省开支，她把药带回家，在家里严格按程教授医嘱用药。

百合的病情开始逐渐好转。以前使用激素药物产生的不良后果也渐渐消失了，先从脸部开始，慢慢恢复了从前的样子，茹萍又看到了可爱的百合，再也不是圆月脸了，虚胖的身体也逐渐瘦了下来，达到了她那个年龄应有的体重。

“百合呀，你想不想上学？”看到百合恢复很快，茹萍决定让她重新上学。

“想！我能上学了吗？”百合问。

“当然能。”

“太好了！我又能上学了！”百合翻出书包，里面装着她所有的课本和文具。原来百合早就准备好了，就等着上学这一天的到来。

全家一早便来到学校。看着小百合背着书包，兴奋地走进教室，茹萍、周明真是高兴啊。但他们万万没想到，这种普通健康环境的家庭气氛仅仅维持了两年多一点的时间。

程教授叮嘱过千万不要随便减药，待病情相对稳定一段时间后再考虑逐渐减药，他们也是按照程教授要求做的。开始的半年时间，效果很好，百合的哮喘基本能控制，但是到后来两年，哮喘又有复发的迹象。长期患病和使用激素类药物，使得百合的病雪上加霜，稍微有点着凉，她就会感冒，每一次感冒都会上呼吸道感染，然后引起哮喘严重发作。

一次，百合静静地读书，忽然咳嗽起来，茹萍过来一看，百合的喘鸣音很重了，茹萍立刻给她吸入喘乐宁，过了一会儿百合才恢复正常。鉴于这种可怕的、不明原因、没有规律的哮喘会突然发作，茹萍不敢离开孩子半步。

百合夜间睡觉挺好，呼吸稳定，但说不定哪天清晨就会毫无预兆地发作，弄得茹萍和周明手忙脚乱。

在百合哮喘发作频繁的时间段里，茹萍总是提前预防，在孩子刚开始发作时立即给她吸入喘乐宁治疗，用药后，病情没有缓解。没等她搞清究竟是什么原因造成百合发病频繁时，更为严重的情况出现了。

百合 9 岁半那年的春天，开始害怕睡觉。

百合每天晚上睡觉时，只要躺在床上没有睡着，多长时间都没事，只要刚一睡着哮喘就发作。茹萍觉得那真是怪了，马上给她吸入万托林，但只能减轻一点，有时吸药也不起作用，弄得孩子一到晚上就暴躁、易怒，或者情绪低落。

周明偶尔会冲孩子发脾气，骂百合不懂事。百合不敢大声哭，茹萍护着百合，也跟着哭。周明每次发脾气后都后悔，怪自己没控制好情绪。其实茹萍心情比谁都坏，但为了孩子，她强忍着，所存不满、愤怒、郁闷、悲伤，硬是压着，从不发泄。他们找不出原因，无奈之下，让百合改变睡眠时间，午睡时间拖长，晚上尽量减少睡眠。

茹萍把孩子的枕头、被褥、玩具、文具全部换成新的，连房间也换了。百合白天睡觉时长最长也没超过两个小时，而且睡眠质量也不好，已经影响到上学了。

睡前多吸一次药也无济于事，哮喘还是照样发作，真是一点办法都没有了。

除了每天三次常规用药，临时加药，病情还是控制不住，如果再加药就会超剂量，可是孩子不能不睡觉呀，所以每天晚上茹萍只好让女儿坐着靠在自己怀里睡，就这样半睡半醒地看护着孩子。

百合像孱弱的小兔子一样依偎在茹萍怀里，一副担惊受怕、随时都会被病魔惊醒的样子，茹萍死的心都有了。“如果能用我的性命换回孩子的健康，我会毫不犹疑。”可是，茹萍知道这是幻想，理性告诉她，要想孩子恢复健康，只能从治病上想办法。

百合这么小，正是应该吃好、睡好长身体的时候，可是她几乎每天晚上都不能睡觉，但她很要强，非得坚持上学。茹萍拗不过孩子，只能让她的班主任多留心孩子的状况。好在百合独立性很强，小小年纪，已经学会自己使用气雾剂了。

百合身体越来越差，而且吸入的药量不但没有减少，还在逐渐增加，已接近成人药量。

一天中午，她的班主任突然打来电话，茹萍一看手机的来电显示就知道没有好事，肯定是百合的哮喘又发作了，结果，比哮喘发作还严重的情况发生了——听到百合的班主任让自己带百合的衣裤来学校，茹萍就猜到了几分。

班主任一见面就说："该吃午饭了，百合说什么也不去，坐在椅子上也不挪窝，在我逼问下她才说裤子脏了。她是不是吃药吃的？"

果然不出所料，百合居然来了月经——以口服、输液方式大量使用激素的恶果终于出现了——而且一个月来两次到三次。

仅存的一丝侥幸没了，茹萍顿时慌了神，百合才10岁啊。

以前听说有的小孩因为长期食用不合格的小食品，导致月经提前来临，没想到，这种事竟然真的在自己女儿身上发生了！茹萍赶紧给周明打电话让他回来商量对策。

周明苦思冥想了半天，憋出一句："还是去找程教授吧。"

**4**

程教授调整了治疗方案：增加必可酮药量，口服茶喘平、孟鲁司特钠片。

茹萍担心激素产生的副作用，会影响孩子的一生。

百合除了身体不正常地提前发育，还增添了一个令人"头疼"的毛病——经常头痛。最开始谁都没注意，因为她大约半年才痛一次，没人想到头痛和哮喘会有联系。第二年，频率突然变高，年初时，一个月痛一次，过了两个月，就急剧上升，一个星期痛一次，甚至两到三天痛一次。

痛起来百合恶心、呕吐、面色苍白，非常痛苦。这种频率的疼痛，别说小孩子，大人也受不了，已经严重地影响到了生活。无奈之下，百合办了因病退学的手续，在家静养。

此时，每天对小百合来说，谈不上乐趣的存在了，只有痛苦。一家人又回到了从前的状态，每天守着孩子，只有在她平静的时候，一家人的心才稍微放松下来。而这样的时候，少之又少，百合不是头疼，就是咳嗽，孩子的眼睛失去了往日的神采，一看就是病怏怏的模样。

这几年的春节和其他比较隆重的节日，全家也是在沉重气氛下度过的。百合特别懂事，一遇到这种日子，即使身体很难受，很痛苦，也会装作没事的样子，哄父母开心。但是，茹萍和周明能看不出来吗？

茹萍心里多次产生过轻生的念头，可一想到百合，就打消了这个自私的念头。

期间去过几回当地医院，医院也查不清百合头痛的原因，只是开了一些止痛的药。茹萍不敢再给孩子乱吃药了，决定采取中医针灸止痛。

一开始几针下去，百合就表示不痛了，还有兴致带着满头的银针，在医院里慢慢走，到后来痛的次数多了，针灸也不起作用了。

百合头痛的样子，没人能有勇气描述出来。茹萍一个人躲在房间痛哭过很多次。哭完之后，茹萍冷静下来，反思百合治病的整个过程，觉得自从孩子服用了茶喘平才头痛，之前虽然也有各种副作用的出现，但从来不头痛。

“是不是治疗哮喘的药物引起了头痛的副作用？”茹萍寻思着。

她翻出孩子用药的所有说明书，来来回回仔细地看了好几遍，发现治疗哮喘的茶喘平的确有引起头痛的副作用，这才想起把孩子头痛的情况汇报给程教授。

程教授很快就给了回复，她建议密切观察病情变化，暂时不改变其他治疗，增加脱敏疗法。但效果并不明显，哮喘该犯还是犯，头痛该痛还是痛。

春节过后，一家三口又去了A市第一儿童医院，复查了肺功能。程教授详细询问了百合用药情况，检查了孩子的吸药方法，觉得都很正确。程教授认为别的孩子经过短时间治疗，效果很明显，但到了百合身上，却起不到作用，说明百合的病情一定有不同于其他患儿的地方。茹萍也承认，女儿的病情确实很特殊。

程教授又给百合更换必可松气雾剂。百合用了一段时间，效果略见好转，但依然达不到有效控制的目的。

这回茹萍真的失望了，孩子已经在程教授这里治疗6年了，每一种治疗方法都有治好的病人，为什么哪种方法对百合都不起作用呢？如果连程教授这种级别的医生都没有什么好办法，还能去找谁？

孩子在这年要上初中了，像她这样的身体，小学坚持下来已经近近乎奇迹，再读初中是根本不可能的。其实读书对于百合早就是奢望了，茹萍唯一的期盼就是孩子的哮喘发作次数少一些，不再头痛。

## 5

后来，百合住进了第一儿童医院。程教授每天都来查房，尤其关注百合的情况。

经过仔细观察和病情分析，程教授确定，激素气雾剂虽然对多数患儿治疗效果很好，但对百合的治疗效果甚微。她决定停掉吸入治疗了6年之久的必可酮、喘乐宁气雾剂。“达不到预期治疗效果，与其将就，不如改用其他药物。”

程教授决定采用当时刚刚进口到国内的粉剂吸入的普米克都保和博利康尼都保，对百合进行治疗。

当时“都保”比国内气雾剂的价格高出十倍之多，一支580元。程教授考虑到“都保”价格比较贵，建议茹萍先各买一支，边治疗边观察。百合每天按程教授医嘱用药:普米克都保，2次／日，每次各2喷；

博利康尼都保，2 次 / 日，每次各 1 喷。

如此连续用药三天，百合无任何不良反应，治疗效果也很明显。首先咳嗽、鸣喘的次数下降很快。白天只要活动量不大，哮喘就不会发作。另外，不明原因的发作也减少了，晚上的哮喘发作也减轻了许多，头痛也同时减轻了。百合欣喜地说：“妈妈，我的脑袋变轻快了。”

一周后，百合有兴致，也敢于在住院部楼下的花园里小跑了。她胃口大开，饭量也有所增加。

茹萍马上向程教授汇报。程教授颔首：“使用新药的效果出来了。”

考虑到经济费用，程教授建议他们回家治疗，有什么异常情况马上和她联系。茹萍听从了程教授的意见。

回到家后，百合继续按程教授规定的量吸入药物，几个月以后，哮喘严重发作几乎没了，小的发作也很少，头痛可以说彻底地离开了百合。

此时正逢秋季开学，孩子能够自己上学了，在老师的监护下，还能参加一些强度不大的劳动和体育活动。她的体质也有所提高，体重增加了，天真灿烂的笑容重新出现在她的脸上。

征得程教授同意后，百合口服的氨茶碱、美喘清也逐渐停掉。孩子的生活渐渐走向正常。

百合放学回家，茹萍总要盯着她，从上到下看个仔细，然后问一遍她在学校的情况。刚开始，百合还配合妈妈，很有耐心地说一大通。再后来，就不说话，放下书包，干脆来了几个转身动作，手舞足蹈，给茹萍跳一段舞蹈，然后叉着腰，歪着头，心不跳气不喘地看着茹萍，好像在说：“这下你放心了吧。”

“我不敢相信这病说好就这么快地好了。”茹萍恍然如在梦中，她跟周明多次说了自己的感触。

周明笑话她说：“人家是病不好，成了祥林嫂，你正好相反，闺女病好了，你却不相信。”

百合的病情得到良好的控制后，根据程教授的医嘱，“都保”药量逐渐减少，她同时要求孩子增加身体锻炼。这方面茹萍犹豫了很长一段时间。茹萍知道加强体育锻炼对孩子有好处，但孩子以前活动稍微多一点就会犯病的画面历历在目，她真的有些胆怵。

周明问：“咱家百合治病这么多年，走过的医院不算少，遇到的医生不算少，你最信任哪个？”

茹萍说：“你这不是废话么，我当然最信任程教授了，不是她，孩子能是今天这个样子吗？还能天天自个儿上学吗？”

周明清楚妻子的顾虑，说：“咱们既然让程教授给孩子治病，就要照人家吩咐的去做。人家是哮喘方面的顶级专家，还不懂运动和哮喘的关系吗？咱们只要按照程教授说的原则去做，掌握好孩子的运动量，肯定不会出差错。”

丈夫的一番话说服了茹萍。百合开始了体育锻炼。她放学完成功课后，只要天气较好，茹萍就带她到附近的公园里散步、小跑。后来又增加了跳绳、踢毽子、打羽毛球等活动。不光是百合锻炼，茹萍也跟着锻炼，周明有空也参加。这样，一来能增加孩子的兴趣，二来可以不间断地观察孩子的呼吸状况，以防万一。但“万一”始终没有光临，百合的身体逐渐恢复，增强。她终于比较顺利地读完了初中，而且中考成绩也比较好。最让茹萍高兴的是，百合的体育成绩差 3 分得满分，这说明她的身体条件已经达到了国家对同龄人的健康要求，换句话说，百合已经是健康人了。

“没有我当初的坚持，百合不可能有这么好的体育成绩。”周明得意洋洋。

**6**

百合很懂事，用当地话说，很“立世”。学习不用操心，生活方面从小就学会了照顾自己，懂得怎样做才能避免自己哮喘发作，老早就会自己服药，使用雾化罐。

百合病情稳定以后，有时候周明会和茹萍开玩笑，说这是哮喘教会了百合，啥事都要一分为二地看。

茹萍撇撇嘴，不以为然。这种代价换来的"懂事"，不要也罢。但不管怎么说，百合终于能以一个健康人的身份面对生活了。后来，百合考上大学，一个人到外地读书去了。

茹萍有喜有忧，喜的是孩子长大成人，上了大学；忧的是她独自在异地，万一哮喘犯了咋办？茹萍放心不下。

新生入学，随即就是军训。茹萍知道军训的强度，想跟校方打招呼，免去百合的军训。百合坚决不同意："我都好了。我刚入学，老师、同学还不熟呢，就搞特殊化，你叫他们怎么看我？"

茹萍只好在学校军训期间，赶到学校，在学校旁边的小旅馆住下来。百合坚持到军训结束，高强度的军训没有引起她的哮喘，茹萍高兴坏了，这验证了百合的身体已经完全和正常人一样了。

但茹萍仍然不敢彻底撒手不管，经常打电话嘱咐她千万不要随便减药、停药，不然好不容易控制的治疗成果就会半途而废。茹萍会很客观地把激素吸入治疗利大于弊的道理反复讲给她听。所以母女俩的通话常常以百合的不耐烦而结束："好了，我亲爱的妈妈，您不要再说了。您说的每一个字都深深刻在我心里了。"

百合在外地读书的四年里，虽然没有茹萍在身边，但因为自己坚持用药，没有出现严重病发的情况。

好习惯一旦养成，就万事大吉了。一直到工作，百合都会坚持用最小剂量，把病控制得很好。直到她开始谈婚论嫁，也没有完全停药。

总之百合是顺利地毕业，工作，结婚。

百合结婚后，茹萍的心又提到了嗓子眼儿。百合曾因使用激素类药物，导致过严重后果，浮肿，长汗毛，月经提前好几年，之后的吸入激素治疗，也已经有十多年了，虽然最近这几年不是每天都用，但毕竟用了多年，激素会不会在身体里有积累，会不会对她生孩子有影响？

百合孕期非常注意自我保护，运动上、饮食上都严格地执行医生的意见，治疗哮喘的药基本给停了，产前检查结果，一切正常，2010年她生下了健康可爱的女儿，全家人的心在那一刻释然。

这年四月，百合带着女儿回娘家，茹萍高兴得不得了。一家人饭后去公园散步，走到游乐园附近，茹萍忽然问道："百合，你还记得小时候在这儿玩的事吗？"

百合摇摇头。茹萍说："小时候你就在这儿犯了一回病，当时的情景我到现在还记得一清二楚，可把我吓坏了，你的鞋都没顾得上拿，就奔医院去了。"

周明一听，说："不行，我得去找他们，管他们要咱闺女的鞋！"

一家人都乐了，婴儿车里的小外孙女好像也听懂了，两只小脚丫举得老高，摆动着，蓬勃的生命力如春天的来临。

（完）